急诊医生眼中的生命

赵 斌◎著

北京科学技术出版社

图书在版编目（CIP）数据

急诊医生眼中的生命 / 赵斌著. -- 北京 : 北京科学技术出版社, 2025. -- ISBN 978-7-5714-4440-2

Ⅰ. I267.1

中国国家版本馆 CIP 数据核字第 2025AV9163 号

责任编辑：曾凡容
责任校对：贾　荣
装帧设计：耕者设计工作室　优品地带
责任印制：吕　越
出 版 人：曾庆宇
出版发行：北京科学技术出版社
社　　址：北京西直门南大街 16 号
邮政编码：100035
电　　话：0086 – 10 – 66135495（总编室） 0086 – 10 – 66113227（发行部）
网　　址：www.bkydw.cn
印　　刷：河北环京美印刷有限公司
开　　本：880 mm × 1230 mm 1/32
字　　数：106 千字
印　　张：6.5
版　　次：2025 年 4 月第 1 版
印　　次：2025 年 4 月第 1 次印刷
ISBN 978–7–5714–4440–2

定　　价：78.00 元

前言

急诊医生在大众眼中总是忙忙碌碌的，每天都要直面生与死的决策。能否在紧要关头不失去理智，是评判一位急诊医生是否成功的重要标准。

30多年前从医学院毕业后，我如愿成为一名临床医生。30多年的摸爬滚打，让我开阔了眼界、增长了见识、积累了经验、提升了能力。与此同时，我曾经怀揣的用医学技术彻底战胜疾病的理想，却逐渐变得遥不可及。我开始冷静地思考：医学究竟能给患者带来什么？是药到病除的奇迹，还是病痛绵延的无奈？是堂吉诃德式的无畏冲锋，还是人类理性的冷静抉择？是对长命百岁的追求，还是对生命尊严的适时放手？

记得在医学院学习的时候，我曾天真地幻想，只要把书本知识用心记牢，就能成为一名好医生。直到开始独立值班后，我才逐渐意识到，书本知识确实为临床工作解决了一些实际问题，但在更多场合，由于个体差异，一种疾病在不同患者身上会有不同的表现，医生如果机械地靠书本知识治病，就容易使其临床思维陷入误区。

尤其是在2002年我成为急诊医生后，发现急诊与专科存在很大的差别。急诊医生必须把患者作为整体来看，不能只看病不看人。在急诊医生眼中，患者根据病情严重程度有不同的分类，如濒危患者、危重患者、急症患者和非急症患者。急诊中遇到的有些疾病是可以治疗的，如急性肺炎、急性冠脉综合征、急性胰腺炎；有些疾病即使不进行治疗也能自愈，如急性胃炎、普通感冒；有些疾病即使医生使出浑身解数也难以治愈，如器官功能的老化、晚期肿瘤等。所以，如果只会照本宣科、缺乏主次判断和独立思考的能力，就很难成为一名合格的急诊医生，甚至可能在临床工作中遭遇重大挫折。

医院是一个微型社会，形形色色的人、千奇百怪的事让医生应接不暇。特别是急诊患者这个群体，他们大部分深受躯体痛苦、精神压力的折磨，并对衰老和死亡充满恐惧，与一般患者大为不同。应对疾病可以用技术，而缓解对衰老和死亡的恐惧的方法唯有让患者的心灵得到抚慰。所以，医生不能只拿着药物和手术刀在行医路上一路“高歌猛进”，还要照顾患者的情绪，解读患者对衰老和死亡难以言说的恐惧。

生命的意义在急诊科中体现得淋漓尽致。这些年来，我以随笔的方式记录了发生在我身边的故事，是从一名医者的角度思考，也从一名普通人的视角反思。虽然白衣穿久了、生死见多了，但思考还在、同理心还有，爱心也从未泯灭。我这30多年来所面对的，是那些疾病缠身的人、是即将撒手人寰的人、是内心充斥着痛苦的人、是渴望被人用爱心呵护的人，而终有一天，我也可能会成为他们中的一员。所以，带着双重视角，我进入到对生命的反思。

本书分为四章。每章的随笔都是近几年我根据真实经历写成的，我的目的是梳理我30多年行医路上，医者与患者如何共进退的体会，特别是对衰老和生命意义的深刻思考，讲给感兴趣的读者，并以此共勉。

文中的观点仅代表个人。由于能力有限，难免存在疏漏与不妥之处，恳请各位读者指正。

2021年11月3日

目录

一

医生眼中的生命与健康

1

医生眼中的生命

生命对每个个体来说都只有一次，世界很少有人不害怕生命的逝去。正是因为有了生命，人们才能体验世界的千变万化和丰富多彩，才有了站在世界这个大舞台上展现自我价值的机会。然而，生命又是短暂的，人一出生就进入了死亡的倒计时。无论是否愿意承认，自然规律是无人能改变的。

医生这个职业很特殊，工作内容与生命息息相关，重之又重。医院是疾病的聚集地，疾病引发的痛苦和对死亡的恐惧，充斥着医院的每一个角落。有人说：人怕得病，一旦得病就太痛苦了。但我更倾向于这种说法：人最怕得病后，死亡带来的威胁。我相信，如果有让人长生的灵丹妙药，即使要承受躯体的痛苦，人们也会趋之若骛。所以，在大多数患者看来，只要活着就好。

正如那句老话：好死不如赖活着。

然而，医学并没有那么乐观，医生也并非神仙，“治得了病却救不了命”像一只拦路虎把残酷的现实和患者的初衷分隔开来。葛文德在《最好的告别》中写道：“医学的存在是为了抗击死亡和疾病，这当然是医学最基本的任务。死亡是我们的敌人，但是这个敌人拥有优势力量，注定是最后的赢家。”也就是说，即使在医学高速发展的今天，高科技手段越来越多，也依然不能阻挡死亡的到来。这就给医生提出了一个命题：医生如何看待生命。

从医30多年，我见识了形形色色的疾病，有能治好的病，也有不能治好的病。在很长一段时间里，我常常认为，治不好患者的病，是因为自己的能力不足，于是深感愧疚。记得刚毕业的时候，我遇到一位急性左心衰竭的患者，看到患者的症状很严重，一时间不知道怎么处理，于是匆忙去找上级医生。可当上级医生赶来的时候，患者已经错过了治疗的窗口期。后来即使遇到的患者多了，临床经验渐渐丰富了，我仍对许多疾病束手无策。特别是随着人口老龄化的加剧，高龄患者越来越多，即使他们患的是诊断明确的病，可能临床治疗效果也不好。如果一味地坚持治疗，不仅会加重患者的负担，还会给患者带来无法言说的痛苦。著名作家巴金在晚年经历了各种治疗后说，长寿对他来说是一种折磨。在我看来，医生在生命面前不能只会冲锋陷阵，还应该做到该放手时就放手。

医生的看家本领就是治病，所以对于能治的病，理所当然要治；对于不能治的病，也要全力以赴，不能轻易放弃。也就是说，有条件要上，没有条件，创造条件也要上。而在患者眼中，医生就像“活菩萨”，不管患什么病，只要见到医生仿佛就等于“有救了”。几十年的临床实践中，我在生与死的对决中屡遭失败，这虽有时会打击我作为一名医生救死扶伤的信念，但也使我从医生的角度思考人为什么而活。

急诊科比起其他科室，应该是医院中见到生离死别较多的地方。一是因为急危重症患者多，发生生离死别的概率高于其他科室；二是多器官衰竭的老年患者多，毕竟器官衰老是自然规律，医学无法改变；三是终末期患者多，目前医学对这类情况基本上是束手无策的。生命只有一次，珍贵无比，即使重病缠身，大多数人也不愿失去。但医者要理智地面对生命的有限性，客观地承认医学的局限性。面对即将死亡这个事实，没有人会无动于衷。所以医生的工作除了用精湛的技术与疾病搏斗，还有重要的另一方面，就是不论患者处在何种情况下，医者都要用自己的善良、关爱、责任、陪伴，让患者感受到人世间的真情与温暖。

我虽是一名医者，但也是一个普通人，死亡时刻在我的身边，尤其随着年龄的增长，我感到死亡的压力越来越大。生命有长度，但它不是生命的真正意义，正如诗人臧克家所写：“有的人活着，但他已经死了；有的人死了，他还活着。”生命的意义是质量，是拥有一种积极向上的人生态度。在急诊科，我常和那些癌症晚期的患者一起聊天。有些患者很年轻，美好的生活刚刚开启，可无情的疾病使他们没有机会享受曾经憧憬的生活。但让我感动的是，他们可以坦然地接受现实，没有惊慌失措，也不怨天尤人，对周围的人也以礼相待。与这些患者聊天会让我感受到一种向死而生的力量，一种对生命的热爱；也激发起我对患者给予最大尊重的意愿，让我尽我所能地给予患者关爱、帮助，小心翼翼地不让患者在生命的最后阶段留下遗憾。

医院是治病的场所，也是探讨生死的课堂。经常面对死亡，让医者有了更多的时间来思考生命的真正意义。平心而论，活着是美好的，但如果活着只是建立在享受、安逸、碌碌无为、无所事事之上，也许就是“有的人活着，但他已经死了”。在我看来，“生如夏花之绚烂，死如秋叶之静美”的人生，就是值得追求的。

医生要治病救人，还应把爱融入临床的每个细节，让患者感受到爱的滋养、爱的温暖、爱的疗愈。

2

医生眼中的健康

小时候，我对健康的理解就是活着，认为活得越长就越健康。中国人向年长的人打招呼时，总喜欢问：“老人家今年高寿了？”紧接着往往就会说：“都这么大岁数了，身体真棒！”年龄跟健康状况有一定关系，但不是绝对相关。我做了医生后，才对健康有更全面的理解：人活着，不仅要身体健康，还要心理健康。

以前由于物质条件相对匮乏，大家更关注温饱的问题。后来随着生活水平的提高，温饱问题已经普遍得到解决，现在营养缺失导致的疾病少了，但抑郁和焦虑的人越来越多了。抑郁和焦虑给人带来的痛苦很大，治疗起来也比较困难。所以，一个人的健康包括身体的健康和心理的健康。以年龄衡量身体是否健康的标准，已慢慢淡出了人们的视野。当下被越来越多的人所接受的生活理念是人活着的每一天一定要有“质量”，而“质量”就是身体没有严重不适，多一分快乐、少一分杂念，力所能及地做自己喜欢的事。

如今，许多患者家属已不像以前那样，认为只要能让患者活着，即使已经没有生活质量，也要动用各种医疗资源来勉强维持患者的生命。更多理性的患者家属跟医生探讨的是，下一步的治疗能否让患者拥有可接受的生活质量。

从辩证唯物主义和医学科学的角度看，任何人的生命都是有限的，任何人最终都逃不过呼吸、心跳停止的宿命。

人们虽然对寿命无法完全把控，但有机会把健康掌握在自己手中。

健康是需要经营的。就像事业需要经营，婚姻也需要经营，健康也是需要我们持续地投入时间和精力的。

人能选择健康的生活方式，并为之而努力，有时也很难。我在医院里经常见到一些重症患者，他们本来有机会在发病之前意识到一些不良的生活方式可能会给健康带来的威胁，但因为心存侥幸，透支了身体，直到生病却悔之晚矣。

经营健康的身体有多难?

一提到健康的身体，有人就想到通过锻炼拥有像运动员那样的体魄。殊不知，运动员从事的是竞技体育，而常人运动往往只是为了保持健康，而非达到职业标准。

我曾经也觉得，日复一日、年复一年的枯燥运动不容易坚持。从2006年起，我在家附近的体育场开始运动，运动的内容是跑步和利用器械做力量训练，每周坚持3次以上，每次1个半小时左右，连我自己都不敢相信，至今我已坚持了10余年。

从运动内容和形式上来看，我参与的运动都是单调的、枯燥的。但10余年来，规律运动已成为我生活的一部分了。有这种经历的不止我一个人，我与一些有同样经历的朋友聊天或者看到了别人分享的运动感悟后，发现大家都是这样认为的：运动是保证身体健康的重要因素，只要坚持科学地运动，就会给身体带来好处。

当然，光有健康的体魄是不够的，人是有情绪的，喜怒哀乐也随时影响着人的身体健康。

我经常在医院发现一些患者，他们生理指标没有很大问题，但由于心理紧张，无限放大了自己对疾病的感受，因此吃不下饭，睡不着觉，就像到了世界末日。很多人看起来面色和身体还可以，各项生理指标也正常，但情绪低落，生活得过且过，睡眠质量也不好，这种情况同样也被视为不健康。有些医生只关注患者的生理指标是否正常，而忽视了对患者心理的关注。

外界环境的变化，甚至年龄的增长都会使人的心理产生变化。就我自身而言，明年我就55岁了，虽然医学上没有把55岁的人划为老龄组，但身体各方面的机能的确在走下坡路。在此阶段，如果患得患失，难免会使自己想起一些不如意的事或产生一些悲观的想法，若我任这种想法放大，抑郁症就会离我不远了。

由此看来，对健康心理的经营是每个人都不能忽视的。有时，心理不健康比身体不健康，对人、家庭和社会的影响更大。而心理健康问题，经常被大家忽视。大家可能或多或少经历过在午夜时分睡不着觉的痛苦。所以，人的内心要充实、要快乐。

读书，可以驱散我们的迷茫，丰富我们的思想，充实我们的内心。如同运动可以锻炼我们的体魄，读书也可以提高我们的心理健康水平。如果把人的内心比作树，把读书比作水，树在水的不断浇灌下，往往就会越来越茂盛。长寿固然重要，但在有生之年拥有蓬勃的生机和旺盛的生命力也很重要。

有的人是大家眼中的成功人士，但更多的人是默默无闻地为社会作贡献的人。中国有句古话：不以成败论英雄。所以，人保持好的心态、好的心情，沉淀自己，尽己所能做一些力所能及的贡献，保持健康的状态，也是很有价值的。

正如林语堂在《人生的归宿》一文的结尾所说：“我爱好春，但是春太柔嫩；我爱好夏，但夏太荣夸。因是我最爱好秋，因为她的叶子带一些黄色，调子格外柔和，色彩格外浓郁，它又染上一些忧愁的神采，和死的预示。它的金黄的浓郁，不是表现春的烂漫，不是表现夏的盛力，而是表现逼近老迈的圆熟与慈和的智慧。它知道人生的有限故知足而乐天……明月辉耀于它的上面，它的颜色好像为了悲愁的回忆而苍白了，但是当落日余晖接触的时候，它仍能欣然而笑。”

3

身体不会说谎

2015年10月5日，屠呦呦被授予诺贝尔生理学或医学奖，成为首位获得诺贝尔科学类奖项的中国女科学家。她和她的团队所发现的青蒿素挽救了全世界数百万疟疾患者的生命。

健康是人最宝贵的财富，诺贝尔奖之所以授予屠呦呦，主要是表彰她和她的团队为人类健康作出了实实在在的贡献。叔本华说过："在人的身上被刺激起来的情感比动物的情感不知强烈了多少倍！情绪的动荡也深沉得多和激烈得多！但所有这些最终也只是为了获得和动物同样的结果：健康、饱暖，等等。"可见，人类对健康是十分重视的。每个人都应该充分了解自己的身体健康状况，而健康又与自身的喜怒哀乐密不可分。又如叔本华所说："我们的幸福十占其九依赖于我们的健康。只要我们保持健康，一切也就成了快乐的源泉。但缺少了健康，一切外在的好处——无论这些好处是什么——都不再具有意义。”

对于身体，我们一定要小心翼翼地对待，它就像一台机器，如果对它“保养”不周，它就会报警。我是一个比较喜欢运动但对饮食不太注意的人。但我始终存在侥幸心理：只要坚持运动，控制体重，饮食可以不必管得太严。

前不久，我的体检结果出来了，体重指数、甘油三酯、血糖等都正常，经超声检查发现脂肪肝也不见了，但血胆固醇、尿酸指标都不正常，超声检查还发现肾脏存在小结石。由此可见，规律运动只是维持身体健康的重要因素之一。身体是一个整体，任何一部分出现问题，都会影响全局。例如尿酸升高，会导致痛风，痛风的局部疼痛，会导致全身不适。增高的尿酸也会在肾小管沉积，重者会导致肾功能受损，甚至引发尿毒症。

维持身体健康的因素包括运动、饮食、睡眠和心态等。人不运动，体重就会增加，还可能出现骨质疏松；管不住嘴，血糖可能会升高，尿酸也可能会不正常；没有好的睡眠，记忆力会减退，办事效率就会下降；没有好心态，脾气就会暴躁，内分泌就可能紊乱。所以说，运动、饮食、睡眠和心态是健康的四大基石。

健康的四大基石是人们每天必须面对的：人每天都要吃饭、

睡觉，有身体的活动，还有心理的活动。正由于人们对它们太熟悉了，很多时候反而对它们视而不见。身体虽然很讲原则，但脾气很好，包容性很强，一般对偶尔发生的小事并不计较。人们也正是看到了身体的这个特点，所以经常会做出违背身体意愿的事。

不同的人对健康可能有不同的态度。有的人，从不运动，也不忌口，作息毫无规律，情绪波动很大；有的人，会顺着身体的意愿，选择做一两项对身体有益的事情；还有的人，规律运动，健康饮食，注意睡眠的质和量，性格乐观开朗。这三种人中，我属于第二种。现代社会中，第二种人似乎正在逐渐增多，第三种人可能最少，因为坚持很难，需要强大的意志力。我以前觉得能坚持运动10余年已经很不容易了，但这次身体检查结果给我敲响了警钟，那种想吃什么就吃什么，想吃多少就吃多少，从不关心摄入的食物的质和量的做法，从表面上看是饮食不科学，从深层次讲，是意志力差的表现。

为什么在健康知识如此普及的今天，第一种人却似乎最多呢？这跟人的惰性和对生活的错误理解有很大关系。有的人可能认为，人生在世就应该活得舒适，应该追求物质带来的幸福，希望自己摆脱一切苦痛（包括物质的匮乏），希望享受能力范围内能享受的一切快乐，甚至认为，不动是一种享受，无节制地吃喝是一种乐趣。殊不知，无节制的享受离真正的幸福很远。

人的一生是在奋斗中度过的，通过奋斗才能打造出属于自己的一片天地，才能成为一个不过度依赖外界事物的相对独立的人。奋斗是人生底色，无论何时，每个人都需要承受一定的操劳、担心或困苦，正如一艘船需要一定的压舱物才能走出一条笔直、稳定的航线。享受带来的快乐都是暂时的，而痛苦却是长久的。唯有奋斗才能完善自己。

奋斗意味着付出，需要摒弃享乐至上的观念，需要控制意志力，需要顺应自然。人们都知道身体的重要性，但有时会因追求享乐而疏忽对身体的关心。好在身体不会说谎，它会时时刻刻提醒人们该放一放与身体无关的事情，关注自己的身体，呵护自己的健康。

再次用叔本华的话作为结语："一副健康、良好的体魄和由此带来的宁静和愉快的脾性，以及活跃、清晰、深刻、能够正确无误地把握事物的理解力，还有温和、节制有度的意欲及由此产生的清白良心——所有这些好处，都是财富、地位所不能代替的。"

4

饮食、运动和睡眠

2021年3月20日，周六，北京天气格外晴朗，最高温度接近20摄氏度。那天也是春分，许多年轻人已迫不及待地穿上了春装。

我当然也不会放过这么好的天气，于是下午3点来到了家附近的体育场。操场上的人很多，有年轻人，也有年纪大的，估计有些人的年纪比我还大。跑道旁，不少穿着校服的中学生在体育老师的指导下，正在进行体能锻炼，可能是为即将来临的中考体测做准备。操场中央的足球场上，一帮小伙子正在进行足球比赛。篮球场地有男女两队学生分别在打比赛，虽然参加比赛的男生和女生个子都不高，但运球的姿势很专业。

我照旧还是先到器械区，完成每天规定的力量训练。由于阳光充足，我没做几组，就出汗了，但这并不影响我完成动作。我越做越兴奋，越做越觉得器械重量在减轻。1个小时后，我完成了力量训练，紧接着开始上跑道，完成4 000米的中速跑。这是一项有氧运动，因为气温适宜，加上人多，我比较兴奋，追赶上了不少原本在我前面的人，用20分钟跑完了全程，这是我比较快的速度。只要在心情比较好的时候，我基本上都能以这个速度完成4 000米跑。跑完步，我已经大汗淋漓，但浑身放松，心里有一种说不出的满足感，估计是大脑增加了内啡肽分泌的结果。

锻炼完回到家，我看了《盖洛普科学家告诉你，三个细节决定健康》一书，发现其中两个“细节”我做得不好，而自认为做得还可以的“细节”，也存在许多不足。那么，决定健康的是哪三个“细节”呢？答案是饮食、运动、睡眠。

就拿饮食来说，由于工作原因，我经常不能准时吃饭，饥一餐、饱一顿是常态。我有时还需要参加应酬，喝酒、吃肉也无法回避。这样就会导致碳水化合物的摄入量明显超标，动物蛋白也会过量摄入。我还有爱吃甜食的习惯，导致糖的摄入量也偏高。难怪我虽然保持了运动习惯，但血胆固醇还是超标了。所以，不健康的饮食虽然能给人带来暂时的满足感，但是随着时间的推移，它会给人的健康带来负面影响。平衡饮食营养，多吃绿色蔬菜等食物，才有利于健康。

食用不健康的食物犹如吸烟，会对人的健康造成危害。有研究表明，对食用健康的食物几小时后的人做超声检查，发现其动脉正常扩张，血流状况较好；对食用不健康的食物几小时后的人做同样的检查发现，其动脉扩张水平比初始状态下降了24%。该研究告诉人们，每顿饭都会对身体产生一定影响。

由于职业原因，我的睡眠也没有保障。我为了完成每天的工作任务，熬夜已成了家常便饭。减少睡眠看似是节省时间的好办法，但实则是一个“陷阱”。睡眠对人而言不是奢侈品，而是必需品。

睡得少的人往往会吃得更多，熬夜时还可能会吃夜宵。除此之外，由于睡眠不足，人还会面临记忆力下降、血压增高、易发脾气、决策能力变差等问题。学生如果睡眠不足，就会疲惫，必然影响学习质量。

因此，人们不能忽视睡眠对身体健康的影响，只有把高质量的睡眠放在首位，才可能拥有规律的运动习惯，才可能高效工作。以我为例，如果睡眠足了，精神就足了，思维就清晰了，就更可能以平和的心态对待患者、同事和朋友。保持合理的睡眠时间，应被看作一项积极的投资，而不是浪费时间。

只做运动是不够的，一周锻炼3次也是不够的，每天都活动才能让自己变得越来越健康。为什么这么说？随着社会越来越现代化，人的体力活动越来越少，人们坐在办公室里、坐在汽车里、坐在家里，不需走动，许多事情都可以解决。2023年，北京大学医学部公共卫生学院发布的数据显示，我国居民累计静坐时间达8.8时/天。

然而，人类的身体构造显然不适应这种情况，人每天都要处于一定的活动中才会健康。例如，久坐容易引发肥胖症和糖尿病。但即使注意饮食，且每天运动30分钟，也无法完全抵消久坐不动带来的不良影响。因此，我不认为每天运动1个小时，就能保持身体健康，而是要保持多样化的运动模式，不仅要进行身体的锻炼，还需要进行脑力的锻炼等。

美国国立卫生研究院的科学家在10年间跟踪调查了24万名成年人之后发现，光做运动是不够的：即使每周进行7小时的中强度运动也无法使人充满活力，也不能抵消每天久坐带来的危害。要改变久坐对身体带来的不良影响，我们应每天都活动。有人会说：我的工作性质不允许自己经常活动。那这部分人可以在上班之前，或下班之后，改变久坐的习惯。

人都有惰性，所以在动与不动的决策上，往往是犹豫的。实际上，一旦活动起来，人们往往就会体验到活动带来的乐趣。要养成好习惯，克服惰性。

光做到饮食健康，或者运动规律，或者睡眠充足是不够的，改善健康状况的关键在于要对这三大因素综合考虑。科学的饮食不仅能为运动提供能量，还能帮助人们提高睡眠质量；良好的夜间睡眠质量也会促使人们在第二天做出更加健康的饮食选择，更有精力去运动；而规律的运动有利于提高睡眠质量，减少情绪性进食。这就能解释为什么当饮食、运动、睡眠都能得到保证时才能够保障人的身体健康。

5

运动乐趣与健康

自从我开始进行10 000米跑后，就一发不可收拾，只要一到体育场，就会跑10 000米。虽然坚持跑步多年，但我只有在跑了10 000米后，才真正体会到长跑跑者为什么对此乐此不疲。以前，我是为了锻炼而跑，如今是为了习惯和精神上的愉悦而跑，是为了享受挑战的快乐而跑。

以前每次决定要跑10 000米，都是在跑了5 000米以后，此时大脑中的内啡肽快速分泌，我感受不到太多身体的疲劳，也感受不到太多呼吸的急促，脑子里想的都是与跑步无关的事情。脑子和身体就像一下子分开了，各干各的事情。

而现在，在跑步之前我就会想象跑5 000米后身心所产生的变化，就会萌发出再一次征服10 000米的想法。

我在进入中年以后，跑步确实让我产生了很大变化。身体肌肉的强壮、运动耐力的提高、愿意与朋友分享运动的心得并不是变化的全部。心情的愉悦、自信的提高、对简约生活的追求、与周围人和谐的相处也是跑步给我带来的变化。

人生一场，追求的是什么？是名，是利，是爱情，还是家庭？我想几乎任何人都想把这一切收入囊中。但是，我们往往还渴望不被各种疾病侵袭，能无病而终。简言之，我们还要健康。可健康离不开科学的饮食、良好的睡眠、规律的运动和良好的心态。

我曾与一位急诊科的同事谈论健康，他说，心宽体胖也是一种健康。我部分同意这个观点，我认为所谓“心宽”就是一种良好的心态，“体胖”也可解释为因心态好而身体好，只是这种“身体好”少了一些运动的成分。

我有许多朋友不太喜欢我的运动方式和运动量，他们也会拿乌龟作比喻，跟我说，乌龟不动也可以长寿。而且，这些朋友除了肚腩比我大外，似乎身体也算健康。我自己虽然喜欢运动，也推崇运动，但不想把这一做法强加于朋友。临床中，我也看到许多患者一生运动不多，但也很长寿。因此，我不敢说运动的人一定长寿，不运动的人一定短命。可是一旦开始运动并坚持下来，身体的抵抗力就可以增强，人的幸福指数也可以提高。

要想长期坚持运动，首先要喜欢运动，或者在运动中慢慢地喜欢上它。正如爱情既可以是一见钟情，也可以是日久生情。我最初跑步的动机并不是喜欢它，而是我参加了一场运动会后，发现自己连100米都跑得很累，自尊心受挫，于是强迫自己开始锻炼身体。可是现在我真的喜欢上跑步了，也算对跑步“日久生情”吧！

运动需要长期的坚持才有效果，如果不喜欢运动，难免会“三天打鱼，两天晒网”，甚至把运动当作一种负担。这样，不但身体没得到充分锻炼，还使精神备受折磨。对于这部分人，我认为可以选择另一种相对轻松的“运动”方式，如种花、养宠物、听歌、唱戏等。即使腿不动，也要让脑动、嘴动、手动，“动”是维持身体健康的前提。

对于健康的生活方式，没有一个放之四海而皆准的标准。但不管年纪多大，要保持童心、爱心、善心，让生活中充满乐趣，健康才可能来到我们的身边。

6

健康与快乐孰轻孰重?

在我看来，健康与快乐都重要。没有健康，人往往就会痛苦，有些人甚至会觉得生不如死；人如果不快乐，就会很无聊，就会觉得人生没有意义。我当然希望健康并快乐地活着。但如果非要给健康和快乐排序，我会把健康排在前面。由于职业的关系，在理解健康这个词的含义上我可能比普通人有更多的思考。有人说没病就是健康，有人说吃得好、睡得好就是健康，也有人说没去过医院就是健康，还有人说不感觉难受就是健康。从医生的职业角度看，这些认识都不全面，一般大众眼中，身体没病就是健康，但是医生眼中的健康是身心健康。心理出了问题，有时比身体出了问题还难受。吃得好、睡得好对健康而言确实很重要，但吃什么、什么时间睡也很重要。吃得太油，血脂容易升高；睡得太晚，精神容易萎靡。“没去过医院就说明身体健康”也是不科学的，因为每个人选择是否去医院的标准不一样，对疾病的忍耐力也不同，患病了但不去医院看病的人也不少。当然，身体不感觉难受有时确实说明身体无恙，但许多疾病在初发的时候是没有症状的，如高血糖、脂肪肝、肠息肉等。其实，对于健康的定义，不但医生与大众的理解有差异，医生群体也是仁者见仁，智者见智。

我为什么要把健康放在第一位呢？因为人的喜怒哀乐与健康直接相关，甚至健康状况某种程度上可以支配人的喜怒哀乐。如果没有了健康，人就很难有愉悦的情绪，疾病也往往会阻碍患者一部分追求快乐的行为。人在本质上都是趋乐避苦的。但一旦生病，痛苦就会不请自到。疾病的痛苦给人带来的是双重折磨，有生理上的难受，如疼、晕、恶心、心慌、憋气等，还有心理上的痛苦，如恐惧、烦心、坐卧不安、悲观厌世等。人一旦失去了健康，思维就容易发生偏差，可能不曾想过的死亡就会提前进入大脑。人是有感情的，生病时难免会左思右想，自怜自艾。

身体是真实存在的，所以它应该属于物质范畴。物质可以创造物质，拥有健康的体魄就可以更好地胜任各项工作，创造财富、获取知识，往往就更容易快乐。如果只有对快乐的追求，无论如何也很难产生实实在在的成就，如健康的身体、一定的财富、出色的工作成绩等。

健康和快乐孰轻孰重？确实不易比较，毕竟，两者都很重要。但如何摆放健康和快乐的位置？我想，健康是快乐的基础。没有健康，人就如同一棵没有根基的大树、一座没有地基的大厦。健康往往是获得快乐的资本。

7

生命的脆弱与顽强

有一次，我在北京积水潭医院回龙观院区的急诊科值班，一天之内来了两位猝死的患者：一位16岁，在学校猝死；一位46岁，在打工单位的宿舍猝死。后来证实两个人都患有先天性心脏病，都曾做过手术。但不管怎样，一位能上学，一位能外出打工，说明当时手术是成功的。虽然患者都有先天的不足，可这不影响他们像正常人一样有梦想、有爱好、有追求。我想他们在手术成功后，一定对未来充满了希望。而生命的戛然而止，让所有的美好希望都化为泡影。16岁无疑是怀揣梦想的年龄，虽然这个年龄的孩子会有逆反心理；46岁无疑是成熟稳重的年龄，虽然这个年龄的人要背负家庭和社会的责任。但这两个年龄都不影响活着，而且这两个年龄的人应该活得很好，可16岁、46岁的人在没有任何征兆、没有启动任何医疗干预的情况下匆匆地离开了这个世界，让我感到惋惜，不禁感慨生命的无常，感叹生命的脆弱。

而在这之前，北京积水潭医院新街口院区的急诊科前后来了两位糖尿病高渗性昏迷的患者。第一位77岁，有多种基础病，平时血糖控制得不好，不配合饮食控制和药物治疗，不久前又把股骨颈摔折了，被送诊当天在家昏迷了。被送到急诊科时，他的血压高，心率快，呼吸过速，血糖高得测不出来，血气、电解质、肾功能和肝功能指标也不好。在接诊的第一时间，医生就跟患者的儿子交代了患者病情危重。第二天，我看患者的时候，他仍处于昏迷状态，高热，呼吸节律也不规整，虽然血糖没有那么高了，但状况仍不好。我再次把患者的儿子叫过来，告诉他患者的预后不乐观。患者的儿子问我患者还能坚持多久，我说：“到了以天算的时候了。”当患者的儿子把其余亲属都叫到医院，准备与患者告别的时候，患者却奇迹般地清醒了，生命体征也稳定了，并开始与儿子讲话、要吃的。

第二位患者，81岁，患糖尿病、脑梗死，生活不能自理，平常精神状况也不太稳定，需要药物控制，最近饮食欠佳，出现了昏迷。患者被送到急诊科后，被医生诊断为糖尿病高渗性昏迷。患者的血压很低，需要升压药物维持，呼吸需要无创呼吸机支持，体温升到了40摄氏度以上。毫无疑问，这又是一位生命垂危的患者，急诊医生都清楚糖尿病高渗性昏迷患者的死亡率非常高，所以除了积极治疗，就是如实地将病情的预后告知患者的家属。

患者的儿子没有那么悲观，但我知道血液动力学不稳定，特别是躯体疾病合并精神疾病的情况下，患者的预后通常非常糟糕。然而，奇迹又发生了。第二位患者也在接受治疗几天后清醒了。

当然，这两位患者最后情况的好坏，还需看病情的发展，我在这里想要表达的是，有时生命是脆弱的，而有时生命又很顽强。

对于疾病，虽然医生有一定的判断能力，但对疾病的解读远没有那么简单，患者主观的感受、生理指标，有时并不是判定某种疾病的绝对依据，因为医学本身就不是用公式能推导出结果的科学。随着科技的发展，关于身体的秘密越来越少，机体的微观世界也可能通过技术被更清晰地认识。新技术的应用，使得越来越多的疾病得到治疗。但更多的临床场景，是医疗技术之外的生命的脆弱和顽强。正如前文提到的两位猝死的患者，被送到医院时已经没有了生命体征，所以医疗手段对这两位患者已没有任何意义；对于后两位患者，虽然医生给予了积极的医疗救治，但他们能神志恢复、暂时脱离生命危险，一定还与自身的抗病能力有关。由此看来，真正把握生命的，不一定是医生。人作为优秀物种，经过进化留在了这个世界上，人的生命理应是顽强的，人也应该具备强大的修复和再生能力，难怪在希波克拉底时期医生就将依靠患者的自身修复和不伤害作为治疗宗旨。但人又不是钢铁侠，如果不小心呵护身体，也会遍体鳞伤，无法恢复。所以，前述两位年纪轻轻就猝死的患者，是否忽视了对身体的小心呵护，忘记了自己的心脏是有问题的？我们能否从中得到一些反思？生命的救治由医生负责，但活着的机会总归掌握在自己手里。

两位糖尿病高渗性昏迷患者与死亡抗争，让我看到了生命的顽强，让我们不轻易对死亡妥协。但生命的顽强，需要高质量的维护。中国有句老话：好死不如赖活着。可现在的生命观还会使人们思考活着的尊严、活着的质量、活着的快乐。

预测生命的长短是一件很难的事情，有经验的医生也会频频出错，比如对于前述两名糖尿病高渗性昏迷患者，我都没有预测对。我们虽然无法预测自己的寿命，但肯定知道自己活得是否痛苦。痛苦包括身体和精神层面，与生命的长短有关，与活着的质量有关。因此，每个人都要形成良好的生死观，要正视死亡就在眼前，死亡就在活着的当下。对死亡有准备的人，往往会谨小慎微，关注健康。

8

谈谈健步走

昨天，一位熟人推荐我接受一位记者的采访，谈一谈有关健步走的几个问题：

第一，一般成年人一天走多少步合适？走路到底伤不伤膝盖？

第二，健步走的基本原则是什么？怎么走路才有利于身体健康？

第三，健步走能预防哪些疾病？

第四，健步走与爬山、游泳相比，各有哪些优缺点？

第五，介绍一些关于人体骨骼的基本知识，并说一说平时应注意活动的身体部位有哪些。

问题虽然不多，但要把每个问题都讲明白，让大家都满意，概率几乎为0。为什么这样说呢？

其一，我不是健步走的专家，我认为只要双腿没有残疾，人人都会走。那么走得长就是健步走还是走得美就是健步走？我也不知道。至于健步走的专家是怎么评出来的，我更是“丈二和尚摸不着头脑”。其二，事情一旦形式化、数据化，我就忐忑不安、有负担。因为我的知识总是有限的。其三，作为医生，向大众科普健康知识也是使命。但这个职业许多时候是用经验说话的。既然是经验之谈，那就不是放之四海而皆准的，而是因人而异的。

言归正转，下面就以上5个问题，谈一谈我的认识。

• 一般成年人一天走多少步合适？走路到底伤不伤膝盖？

我认为，在生活习惯方面，拿出科学的数据反而显得不科学了，因为生活习惯是因人而异的。如果一定要我说数据，我就以自己为例：每天跑10 000米，配速6分钟左右，我感觉身体能承受。如果折合成步数，在一定速度的前提下，大概是10 000步。只要心肺没有大问题，大多数人可以完成这个步数。至于走路伤不伤膝盖，我认为这是一个伪命题。人类自从直立行走后，膝盖的负荷就比爬行时期大了许多。人只要站立、行走，理论上都会加重膝盖的负担和磨损。但人在进化过程中，膝盖和机体其他部分之间达成了“默契”——有了关节液的分泌，有了骨质的修复。这为人进化出直立行走能力提供了必要的保证。

• 健步走的基本原则是什么？怎么走路才有利于健康？

我总是喜欢对患者说，走比站着好，站着比坐着好，坐着比躺着好。人如果不活动，新陈代谢就会很慢，吃的东西也不易消化，四肢容易无力，心肺功能会变差，人的欲望也降低。走路对多数人来说没有门槛，只要近期没有急病、大病，几乎都可以走。我理解的健步走，不是散步，不是溜达，而是保持一定的步频；健步走不能“三天打鱼，两天晒网”，只要有时间，每天都要走；健步走的强度要循序渐进，不能期待“一口吃成胖子”；健步走要有好的心情，不要为了走而走。谁走路，谁获益。走路对健康有帮助，走一天就有一天的好处，走一个月就有一个月的好处，走一辈子就有一辈子的好处，所以怎样走路不重要，关键是坚持走路。

• 健步走能预防哪些疾病？

我认为，人一辈子最大的幸福就是身体健康，但健康并不意味着身体的各个部件都没有毛病。人哪有不生病的？如果把健步走当成一种可以让人不得病的工具，简直就是天方夜谭。生病不意味着就失去了健康。例如对许多老年人来讲，器官功能老化是必然的，但这并不影响他们享受健康的晚年。走路的功能更多的是促进身体的血液循环，加速机体的新陈代谢，强化全身的免疫功能，只有身体“宏观”的功能正常，才可以防止疾病的侵害，或者延迟疾病的侵害，并且使身体与已有的疾病和平共处。虽然我不能确定健步走具体能预防哪些疾病，但我可以肯定健步走对每个人的健康或多或少都有裨益。

• 健步走与爬山、游泳相比，各有哪些优缺点？

只要是手腿并用的活动，对身体都有好处。人是从爬行动物进化而来的，所以四肢运动使身体协调，使全身各个部件得到了锻炼。健步走、爬山和游泳都是手腿并用的活动，至于哪个好，就我的理解而言，健步走适合任何成年人，只要周边有合适的路，穿上一双运动鞋，就可以“说走就走”。而游泳和爬山都受场地的限制，并且不适合所有人。爬山显然对年龄大的人、体型胖的人、膝关节功能不太好的人不太友好，而对一些有心肺疾病的人来说，要谨慎选择游泳这项运动。游泳适合那些年龄不是太大，且心肺基本健康的人，尤其对体型偏胖，膝关节、腰椎有问题的人来说是很好的选择。爬山在三种运动中要求最高，年龄、体重、基础病、四肢关节等因素都不能忽视。在运动量方面，爬山和健步走也不在一个量级。能爬山的人，一定可以健步走；能健步走的人，能否爬山就不一定了。

• 介绍一些关于人体骨骼的基本知识，并说一说平时应注意活动的部位有哪些。

人体骨骼和人体的其他部位一样，都有发展变化的规律。早期不成熟，晚期就退化了，最好的时期只有10多年，也就是30岁前后的一段时间。之后，随着年龄的增长，人的骨量开始下降，如果还患一些慢性病（女性还会受激素、内分泌的影响），骨质疏松就出现了。身体活动量越少的地方，骨质疏松就越明显，这就是常说的“不用则退”，临床上称之为退行性骨关节病。和衰老一样，这是自然的规律，目前唯一能延缓该疾病出现的办法就是经常运动。运动可以刺激关节液的分泌，有利于骨量的增加，可以使四肢关节周围的肌肉和韧带组织加强。关节靠活动，不管是大关节，还是小关节，活动都不能少。活动既包括主动的活动，也包括被动的屈伸，每天对四肢关节、脊柱进行全方位的拉伸，时间在几十分钟，可受益匪浅。

以上是我就健步走的采访提纲谈的一己之见。

9

在世界卫生日聊聊健康

4月7日是世界卫生日，每年都会设定不同的主题，且都与人的健康相关。说到健康，不同的人会有不同的想法。健康在我这名医生眼里，要满足两个条件：一是来自科学的数据，也就是身体的各项指标合格；二是主观的感受，也就是身体没有不适感。虽然只有两个条件，但要达到标准，也不是那么容易的事。为什么这样讲？举两个慢性病的例子，中国高血压的患者数约为2.45亿（见《中国心血管健康与疾病报告2023》），20~79岁的糖尿病发病人数约为1.41亿人（见国际糖尿病联盟2021年调查数据）。如果再加上其他生理指标异常的人群，以及生理指标正常但有主观不适的人群，如睡眠障碍、焦虑、活动耐力不足、消化异常等人群，健康数据就更不容乐观了。

当然我也承认，人的身体往往有很强的代偿能力和自我修复能力，某些生理指标异常往往不会立刻让人感觉到。甚至在一段时间内，身体的代偿机制与异常的生理指标会达成“默契”，让人毫无异常感地生活和工作，这种情况在年轻人身上更常见。但身体的各个部件如同生活中的物件，是有使用期限的。虽然科技的发展日新月异，现在医学有了换某些器官的技术，可身体是一个整体，具有排他性，即使被迫接纳了“新成员”，新器官和整个身体也不会完全步调一致。所以，换器官与将物品以旧换新不是一回事，换器官是医学的被动选择，是无奈之举。

这样看来，人在健康方面还是不要太任性。健康与生活质量密切相关，因为不健康就意味着疾病，意味着向通往死亡的路上前进了一步。这句话不是危言耸听，除了衰老和意外，让人离死亡更近的就是疾病了。如果没有健康的身体，而又要想规避生病，无疑是纸上谈兵。

如何获得健康的身体，如何保持身体的健康，一般人都会关注这两个问题，也都会对这两个问题有极大的兴趣。其实，这两个问题从根本上讲就是一个问题：健康的重要性。在谈如何才能有一个健康的身体之前，大家先要理解一个道理，就是苦中有乐。一切围绕健康要做的事，几乎都与苦相关。没有对苦的准备、苦的实践，就不要谈身体的健康。人的天性是追求安逸、追求快乐，不愿意受苦。特别是在当下物质发达的时代，人们越来越多地被各种无休止的欲望裹挟。而获得健康需要自律，需要做符合自然规律的事，需要持之以恒的锻炼，这一切都是苦差事。

我是一名医生，自然知道健康的重要性，也知道健康需要后天的经营。所以，从2006年我就开始尝试跑步，起初跑跑停停，每次锻炼时间也不长。后来，我尝到了运动的甜头，就渐渐把跑步融入生活。虽然我现在已经60岁了，但不管春夏秋冬，几乎每天跑10 000米。十几年来，跑步的苦带给我的是躯体的健康和精神的矍铄，是在工作中有精力、在生活中有乐趣。虽然生命的长短与跑步没有直接关系，但生命的质量却与运动带来的身体的改变密不可分。在世界卫生日这天，我想以医生和一名运动爱好者的身份，与大家分享关于获得健康的身体与保持身体健康的一些经验。

第一，把身体健康掌握在自己手中。身体是自己的，谁得病，谁难受。医生的能力是有限的，世界上能治愈的病不多。身体的健康由自己掌握，过度依赖别人是不可取的。虽然不是每个人都要学医学专业，但每个人都要了解一些健康常识。

第二，尽早养成健康的理念。身体在呵护中才能更好地成长。一般而言，小病、初发病好治，争取将疾病消灭在萌芽期。等到疾病到达不可逆期，恐怕再好的医疗技术也解决不了根本问题。所以，要尽早接受健康教育，培养好的健康习惯。

第三，做事符合自然规律。人的身体健康状况与是否遵循自然规律相关。吃、喝、拉、撒、睡都要遵循自然规律。如果逆自然规律而行，时间久了，就容易生病。

第四，自律必不可少。自律就是自己约束自己。人要克服惰性，主动做有利于健康的事，自己约束自己不健康的行为。

第五，运动很重要。生命在于运动。具体怎么动，没有绝对的正确答案，因人而异，因条件而异。

第六，睡眠是大事，要重视。人的身体健康与否，不仅在于饮食和运动，睡眠也很重要。睡眠不好一定是身体和（或）心理方面出了问题，要及时调整，否则后续可能引发疾病。

第七，不侥幸，不找借口。要想身体好，一定需要付出。付出就意味着吃苦，如锻炼的苦、自律的苦等。当然不得不承认，也有一部分人，凭着自己的兴趣行事，可能也有不错的身体，但这是小概率事件。医学上讲的是大概率事件，讲的是权衡利弊。

第八，做事理智，不盲从。每一个人都有自己的身体特点，在别人身上适用的，在自己身上不见得合适，因此切忌随大流。就像我跑步向来是凭借自己的感觉，都在自己可承受的范围内。

第九，做事贵在坚持。做对的事，一定不要中断。因为身体有代偿功能，做一时对的事或错的事看不出对身体的影响。好的习惯，会使身体越来越健康，而不好的习惯，也会使身体每况愈下。我想，如果我不坚持跑步了，身体就会慢慢垮了。所谓一分耕耘，一分收获。

第十，读书、思考也是健康的保证。体育运动是四肢的运动，而读书、思考是大脑的运动，两者对于身体的健康都不可或缺。从开始跑步起，我还喜欢上了读书，并且还会写一写随笔，目前已经写了几十万字。

以上10条经验，是我对身体健康的感悟。我还可以再写若干条，但这10条，我都实践过，的确感觉到了它们对身体健康的价值不容低估。可说一千道一万，做才是硬道理。从2006年开始跑步起，不论从医生的角度，还是从一名重视健康的普通人的视角，我都有了一定的经验，也有了更多的思考。

最后要说的是，生命只有一次，它是我们的唯一，平常吃点儿苦，好好珍惜健康，会终身受益。

10

别不把健康当回事

人这一辈子和自己寸步不离、相依为命的不是父母，不是子女，而是自己的身体；人这一辈子唯一真正属于自己的不是金钱，不是地位，而是自己的生命。可现实世界中，相对于身体，人往往更关注子女、恋人、享受……

过节这几天，我们急诊科接待了几位患者，其中一位70岁的先生，身体看上去不错，很健壮，因为咯血到医院就诊。患者就诊时已经停止咯血，也没有其他不适，于是想要回家。我问了一下患者的情况：患者既往长期吸烟、喝酒，每日吸2包烟、饮白酒约半斤（250mL），活动不多；此次来医院之前已有少量咯血的症状，但没有在意，这次咯血量多，并且有些头晕才来医院。除此之外，患者没有其他的症状。我用听诊器听了听患者的右肺，发现确实有问题；再看患者的肺部CT结果，发现右下肺有一个明显的实变影，靠近气管。无疑咯血就是因为这个病变部位，但具体是炎症还是肿瘤，我从经验来看，认为后者的可能性更大一些。还有一位是50岁的女性患者，身体胖胖的，很健谈，这次是因为憋气就诊的，我考虑她是慢性喘息性支气管炎急性发作。经治疗，患者病情好转，但听值班医生说患者不听医嘱，想要出院。我过去跟患者了解情况。患者是一名小学老师，过敏体质，小时候曾因为闻到皮鞋油的味道，差点儿喘不动气，按她的说法就是差点儿憋死。她对花粉、香水等都过敏，她的父亲也有这种情况。平素患者觉得身体不错，没有把过敏当回事，一直忙于工作。我问她是否吸烟，她说不吸烟，但在我旁边的医生说：“她吸烟。”看来这位女患者真的不配合医生，另外，显然她也知道吸烟不是一个好习惯。

人在生病的时候往往会觉得医生是“神仙”。可是一旦患者明白医院没有神仙的时候，一切就晚了。医生是一个职业，治病是医生的工作。但有些病能治好，有些病治不好。如果只有医生珍惜患者的生命，而患者平时对自己的生命毫不在意，那一切也是徒劳的。我们敬身体一尺，身体就会敬我们一丈。身体是人的命，是人的根。身体成就了生命，承接了一切喜怒哀乐。医生当久了，对身体有了更多的敬畏。从专业角度来说，身体好，精力就好；吃得好，营养就好；运动好，会强壮体魄。好的身体会让我们更好地享受家庭的幸福、工作的充实、生命的快乐。

身体有强大的一面，不会弱不禁风，同时身体也有脆弱的一面。如果对身体精心呵护、关怀有加，就能为身体构建稳定的免疫屏障，打造良好的营养基础，调节肠道菌群，进而抵御疾病对身体的侵扰。反之，如果一味地对身体漠不关心，任意透支，时不时地给身体出难题，把享受留给自己，把疾病甩给医生，那么身体的脆弱一面将会为疾病打开方便之门。人与动物的不同在于前者有理性思维，而人与动物的相同之处在于都是需要吃、喝、拉、撒、睡的生物。人有理性思维，所以会为了健康做好吃苦的准备；如果缺乏理性思维，就会面对贪欲无法自拔，面对享乐不能自控。人生观决定了生命观，正确的生命观涵盖了正确的健康观，以及与动物别无二致的生存观——吃、喝、拉、撒、睡。可一旦享乐贪欲占了上风，害怕吃苦，那么连动物的基本属性——吃、喝、拉、撒、睡都会变了味。许多患者只图一时的享乐，殊不知享乐会毁了健康。珍惜生命在于自己，别人做不了主。

我是一名医生，也是一个普通人，我知道医学的局限性，我不会把身体健康的希望寄托于医生，我也没有理由把自己最珍贵的东西交给别人照料。爱护自己的身体是每一个个体的义务，别人没有义务也没有能力干涉。尊重生命、爱护身体是一种责任，往往也是享受美好生活的前提。我在健康中悟出了人生的意义，在健康中体验了生活的快乐，在健康中修炼了做人的本领，在健康中感受到了世界的美好，在健康中总结了做人的责任。所以，人要懂得珍惜自己的身体和生命。毕竟，健康无比珍贵，生命只有一次。

二 从医过程中难忘的人和事

1

医生——生命的守护神

4月12日是一个很平常的日子，虽然阴天，但空气清新。一位既往体健的58岁女患者因为突发胸闷到北京积水潭医院新街口院区的急诊科就诊。她来院后经检查和化验，并没发现大的问题，但在上厕所时，却突然失去知觉倒地。在第一时间被人发现并被抬到病床上时，患者没有意识，血压无法测出，心电监护仪显示逸搏心律。

医护人员第一时间对其进行心肺复苏及气管插管，其间为其做了一份心电图，出现了之前心电图没有的右束支传导阻滞。病情凶险、时间紧迫，升压药已无法维持患者正常的血压，即使靠呼吸机供氧，血氧饱和度依然很低。这时已经没有时间和机会让医生做更多的检查，医生只能凭经验，按肺栓塞进行静脉溶栓治疗，以求最后一搏。

在没有确诊的情况下，溶栓治疗是有很大风险的，抛开几千元的溶栓药需要患者自费不说，溶栓出血的概率也很大；但当班的抢救医生来不及患得患失，立即和患者家属沟通了溶栓治疗的方案，并快速做出了决定。对患者溶栓一个小时后，患者的血压回升了，血氧恢复了，患者散大的瞳孔也慢慢回缩了。次日，患者的神志也有了一定恢复；到了第五天，患者的神志完全清楚了。虽然患者还没有脱离危险，但急诊医生采取的措施是及时、专业的，医护人员有希望留住患者的生命。

4月19日依然是阴天，温度比往日降了许多，我走在路上还感觉到了一丝凉意。一位突发呼吸心搏骤停的小伙子被送到了北京积水潭医院回龙观院区的急诊科。患者凌晨4点在睡眠中突然大叫，随后失去了意识。患者家属凭着对急救知识的了解，一边给患者做心脏按压，一边等待急救医生的到来。15分钟后，急救医生到达患者家中，为患者做心电图，结果显示为室颤，急救医生于是立即为患者进行两次除颤，并紧急将其送往我们急诊科。

当班的医生和护士开始了对患者的生命接力，评估、做心电图、化验、给氧、输液，一切都在有条不紊地进行。凌晨四五点，这座城市的大多数人还在熟睡中，但所有参与抢救的人员却没有一丝睡意，大家全神贯注、拼尽全力地与死神赛跑。医生们快速地思考，分析患者呼吸心搏骤停的原因，耐心安慰患者家属，并向患者家属了解患者发病前后的情况。护士们也强打着十二分精神，准确执行医生的要求，没有丝毫偏差。

4月21日早晨，我到监护室去看望这位患者，患者平静地躺在床上，用鼻导管吸着氧，已经可以不费力气地和我交谈了。我们聊着他发病前后的情况：平时身体如何，生活是否规律，此时有无不舒服的感觉等。最后他不太费力地坐起来跟我合影。看到患者能这么快地康复，我的成就感无以言表。

医生不可能把所有患者都治好，特别是患慢性病，同时患多种疾病的患者，不确定因素太多。但是，对那些既往身体健康，却突发危及生命的疾病的患者而言，急诊医生确实像“生命的守护神”。

急诊医生每天要接诊很多患者，难以规律地吃饭、休息。但每天真正需要抢救的危重症患者，只占就医患者的10%左右。所以，急诊医生要有火眼金睛，要具备敏锐的观察力，及时识别哪些患者是需要第一时间抢救的患者。急诊是一个累心又“走心”的行业。每当遇到抢救，急诊医生的情绪都会随着患者的病情变化而起伏，许多时候急诊医生累的不仅是身体，还有心。

每当遇到抢救，急诊医生都不能分心，必须把全部的身心都投入抢救，急诊医生既需要用心更要“走心”。在急诊科，每一次急重症抢救，急诊医生对结果都是未知的，正是未知，使急诊医学充满了挑战。急诊人的辛苦，没有在这个科室待过的人很难想象：终年节日无休、夜里少睡、吃饭延时、心里紧张等。如果没有好的心理素质，真的很难胜任急诊工作。

见义勇为、舍身救人的人是英雄。但是，每天发生在医院急诊科的救人场面如此之多，有哪位急诊人认为自己是英雄呢？急诊人的天职就是救死扶伤，尽力把患者从死亡线上拉回来。每位急诊人都懂得，救人一命，既是挽救了一个个体，也是拯救了一个家庭。

我从事的急诊工作虽很平凡，但我的每一次努力，都给了他人享受生命和幸福家庭生活的机会。这两例救治成功的病例背后，离不开医者仁心与急诊人日积月累的知识、技术和经验。

急诊人内敛、坚韧，数年如一日默默地坚守和奉献。急诊人从事的工作虽不惊天动地，但对患者而言却是生死攸关的大事。作为急诊人，我很平凡，但我的职业不平凡，因为急诊人是生命的守护神！

2

我与患者相处的感悟

如今，医疗界面临着诸多矛盾和问题，而医患关系无疑是其中非常重要、复杂，也是越来越引起人们重视的问题。

近年来，伤医、杀医的暴力事件频发，已引发社会各界的广泛关注。医患关系为何如此紧张？什么样的医患关系才适合现实情况？为了维护良好的行医与就医环境，我们医务人员需要做什么？

今年是我从事临床工作的第31年，当年还是一名稚嫩的、缺乏经验的医生，经过临床30年的实践，现在已成为了一名面对较复杂的临床情况能从容处置的医生。回顾30年的行医历程，医疗环境常常会引发我的反思。这些年和患者相处的过程中，我是怎么走过来的呢？

30年前，我从医学院毕业，本来期望成为一名临床医生，但因为医院放射科缺医生，我就被分配到了放射科。眼看拿着听诊器、面对面给患者看病的理想就要实现的时候，一盆冷水浇下，但即使这样，我还是不死心。想当初，进医学院虽不是我的第一志愿，但进了医学院后，能成为一名亲自为患者看病的医生就是我奋斗的目标。虽然当时在放射科，但我每天却过着“身在曹营心在汉”的日子：白天，我在放射科上班；晚上，却在苦记内科学的相关知识。

两年后，我终于成为一名内科住院医师。我非常珍惜这个机会，每天认真接诊，闲暇的时候就跟患者聊聊天。记得那时除了写病历，我工作时基本就是在病房里与患者在一起，我想抓住一切机会，把缺失的两年临床工作补回来。有时，我还会帮那些没家属陪同的患者打饭。

虽然那时我的临床经验不多，但我发现患者对我的工作很满意，经常有患者向我咨询他们的病情。当时，没有老医生跟我们强调什么是医患沟通，在医学院上学的时候也没有“医患沟通”这门课。我只是本能地觉得，作为一名临床医生，就应该与患者打成一片，对患者有爱心，了解他们的病痛，倾听他们的主诉，观察他们的治疗反应，解决他们在医院遇到的困难。

渐渐地，接待的患者多了，我了解的临床体征也就多了，临床经验也丰富了，跟患者的交流也更加从容、自然了。虽然那时我还很年轻，但患者已经把我当成“老大夫”了。

近年，随着现代医学的发展，各种医疗设备的使用越来越多。医生们每天依据精密的医疗仪器提供的关于患者的各种检查数据，紧张而忙碌地为患者制订着各种缜密的治疗计划。医务工作者从每天进入医院到离开医院，每时每刻都在自己的工作岗位上、电脑前忙碌着，有时甚至没有时间去卫生间，错过饭点也是常见的事。

现在医务人员的工作强度与我30年前刚来医院时相比大多了，工作内容也更琐碎。这样一来，我们跟患者之间面对面交流的时间越来越短了。

医学是一门自然科学，也是一门人文科学。美国知名医生特鲁多曾经讲过，医生应该“有时去治愈，常常去帮助，总是去安慰”。对生命的尊重，对人的关怀，才是医学的本质。

而我们现在总是过分强调治愈，帮助和关怀就做得不够。许多患者来医院看病，虽然疾病被治愈了，可是并没有得到很好的就医体验，甚至得到了冷漠的、痛苦的就医体验。这样一来，即便疾病得到治愈的患者也可能心存不满，更遑论疾病没能得到治愈的患者了。

医务人员与患者面对面的交流过程，是医学措施获得最大成功的基础。我这些年的从医体会是，许多患者及其家属不太在意他们在整个就医过程中医生用了什么药或选择了什么手术方式，因为，这些问题对大多数患者及其家属来说都太“专业”了。他们最在意的是，患者的主治医生是否能经常来到患者的病床旁，跟患者聊一下病情，谈一下治疗前后的变化，给予一些合理的建议。

作为一名医务工作者应该懂得，一个人患上任何一种躯体疾病后，他的心态往往会产生变化。这种变化就是，患病后的人开始更关注自己，更希望医务人员重视自己，对医务人员有依赖倾向；同时，无论患“大病”还是“小病”，无论患急性病还是慢性病，患者都希望找到最好的大夫、得到最好的治疗。所以，医生应该利用一切可利用的时间去病房亲自看望患者。因为“忙”而长时间不去病房看患者的医生，是难以被患者所认可的。

比如，我有一名熟悉的患者在急诊科病房留观，经过治疗病情比较稳定了，但每天都希望我去看他，说几句话。他觉得这样心情会好，身体也可能因此更舒服，如果我因为在外面开会而没有来医院，等再见着他时，他就会像一名考勤员似的说：“赵大夫，您某天没来医院。”可见，患者对医生的依赖性有多强，医生对患者而言有多重要。在很多的患者面前，医生就是“定海神针”。

医生一旦得到了患者的信任，其一举一动、一言一行都会给患者的情绪和健康带来很大的影响。当然，这一切的基础，在于医患之间的良好沟通。

3

生死14天

见到这位患者的时候，他已经在重症监护室里待了5天。他是一位42岁的买卖人，5天前还坐在店铺里经营生意。没听说他既往有什么病，但此时，气管插管、胃管、尿管、输液管占据了他的身体。虽然他的心率、血压稳定，但是不清醒，身体消瘦，脸肿得脱了相。42岁的人在短短的几天成了这副模样，医生不得不紧绷着弦。

我详细向主治医生询问了患者的病史。5天前，商场的保安发现患者昏倒，于是赶紧叫了救护车。急救人员到现场的时候，发现患者呼吸、心跳情况都不好，就立即进行了气管插管，并用了各种抢救药物；等患者自主心率稳定后，送到了我们这家离患者工作的商场最近的医院。

患者被送到医院急诊时仍处在昏迷状态，血压80/50mmHg，心率120次/分，氧饱和度80%，人严重消瘦，经听诊发现患者双肺有痰鸣音；化验显示，血白细胞增高，降钙素原增高，提示重度感染；血气提示，代谢性酸中毒，pH值只有6.8，乳酸数值也不低，血糖达到了25.8mmol/L；胸部CT检查发现肺里有明显的渗出病灶和胃、肠道积气。据此，可以诊断感染中毒性休克、肺部感染、糖尿病。经过一系列的治疗，患者的生命体征暂时稳定。可一天后，患者的肾功能开始恶化，尿少，肌酐一路飙升，血液里的白蛋白也开始急剧下降。此时必须立刻采取利尿及输注白蛋白和血浆的治疗。如果肾功能持续不好转，患者下一步就需要接受血液滤过治疗了。由于医疗花销没有减少的趋势，开始要求不惜一切代价救治的患者家属，开始拿不定主意了。

我第一次见到患者那天，患者的父亲刚从老家赶来，他是一位朴实的农村老人。这几天，一直守在患者身边照料的是他的姐姐和姐夫。我从主治医生那里对患者的病情有了大致了解，然后就急着想了解患者的最新情况（以判断对预后和估测治疗成功的把握）、家里的情况（看看患者的经济承受能力、家庭关系），以及家人对疾病和治疗的态度与期望值。

我查看患者时，他正处于被镇静状态，他看上去瘦瘦的，估计平素营养状况就不太好，面部、下肢和腰背部都肿得很厉害。

监护仪显示患者的生命体征维持在一个低水平的稳定状态，可能是5天的抗感染治疗有了一定的效果。

查看完患者，我先问候了一下病床旁的患者父亲，接着向患者的姐姐了解更具体的情况。患者的姐姐看上去40多岁，长时间在外做生意，看上去很干练，说话也有条理。她刚给患者的妻子打完电话，余气未消，连环炮似的跟我抱怨她弟媳的人品，简言之就是“认钱不认人”。现在患者的爱人带着孩子住在外地的娘家，患者的姐姐说，不要指望她弟媳照顾和帮助患者，更别提出钱了。

患者结婚前一直由姐姐帮助，来北京做生意也是姐姐给予了帮助，平素身体算不上强壮，但也没什么病，性格也比较开朗。患者自从结婚生子后，经济压力就大了，近期生意也不景气，这使患者产生了沉重的精神负担。

听患者的姐姐说，患者的爱人还要求患者在北京买房，想过上富裕的生活，这样一来，患者比以前更加忙碌，起早贪黑地打理生意，很少能按时吃饭、睡觉，虽然花了不少力气，也没有偷懒，可装钱的腰包始终没有鼓起来。患者的爱人一气之下带着孩子回了娘家，此后，患者就像泄了气的皮球，没有了挣钱的斗志了，整天无所事事，守在店铺里喝饮料、玩游戏，精神没依靠，生活无规律。终于有一天，他昏倒在店铺旁，被保安发现并送到了医院。

虽然患者的姐姐说的情况跟现实可能会有出入，因为她最近也没有一直在患者身边，但作为医生，我还是顺藤摸瓜，大概分析出患者此次发病的诱因：患者可能早先患有糖尿病，但没有在意，接着生活的不规律、情绪的压抑使他的免疫力受到了损害；加上每天不活动、玩游戏、喝饮料，使本来就虚弱的身体雪上加霜。于是，患者由糖尿病引发肺部感染，出现中毒性休克，最后导致全身多脏器衰竭。

现在卫生条件好了，人们的营养水平高了，像几百年前那种“病找人”的传染病和营养不良的情况越来越少了，而不遵循自然规律、不爱惜身体的“人找病”的情况越来越多了。

患者值得同情，因为他痛苦，他离死亡很近。但患者不把自己的身体当回事，任意糟蹋，是很不负责的。

我查房后的第二天，患者的病情有了转机。停用了镇静药后，患者有了意识，自主呼吸也比较稳定，恢复了自主咳痰的能力。之后，医生为患者拔除了气管插管，改用无创呼吸机序贯治疗。开始，患者呼吸有些费力，血氧指标也会有波动，但经过排痰和调整无创呼吸机参数，患者渐渐开始适应。虽然患者的肾功能没有明显的改善，但抗生素始终没有减。因为如果不控制感染，一味按肾功能的指标调整抗生素用量，有可能会使感染反弹，导致治疗前功尽弃。

在危重症患者的救治上，谁都没有十足的把握，医学指南不是救命稻草，根据感染具体情况进行变通更科学。医生的坚持还是有了回报，在接受治疗的第7天，患者的尿量开始增多，肌酐指标也没有继续上升。更让我们充满希望的是，患者的胃肠减压管撤了，患者能主动吃一些流质和半流质食物；面对医生的提问，患者也能给予几个字的回复；患者也有了一些精神。在临床工作中，对危重患者和老年患者，我很关注他们的两个表现：一个是精神状态，这可以通过患者的眼神反映出来；一个是饮食情况，有食欲就是病情好转的表现，具体吃什么、吃多少是另一回事。

入院第12天，患者的肌酐终于下降了，其他肝功能指标及炎症指标、胸片的渗出病变都有了大幅度的改善，患者在外人的帮助下，还可以在轮椅上坐一坐。入院第13天，患者可以自行下地，在床边简单地活动。入院第14天，困扰了患者14天的全身水肿症状也有了明显的改善，生命体征达到了正常人的水平，在不吸氧的情况下，患者外周血氧饱和度可维持在95%以上。看来，“鬼门关”应该是闯过来了。由于费用问题，患者的姐姐提出带患者回老家继续调养。

从4月12日入院，到4月26日患者离院，整整14天。这14天对多数人来讲可能干不了太多的事情，但是，对这位患者来说，却经历了死与生的考验，我衷心地祝愿他以后能梦想成真，但我更希望的是，经历了这次生死劫难，他以后能多多注意自己的身体。

在这里，我想通过这个真实的病例分享几点心得：

第一，命是自己的，要珍爱生命；

第二，人要保持好心情，不要攀比、不要较劲；

第三，“破罐破摔”最终会害了自己；

第四，拥有一个好身体才能更好地追逐梦想；

第五，钱是身外之物，没有身体重要；

第六，医学存在不确定性，医生不可能治好所有患者；

第七，临床的救治需要坚持，有机会就不要放弃；

第八，人的抗病能力有时比想象中大；

第九，医生不是万能的，但没有医生是万万不能的，希望患者和患者家属对医生多一些体谅；

第十，“治病”要抓“根本”，要一切围着“根本”转，偏离了“根本”就会出错。

临床上发生的每件事都是一个故事，医学的故事里有思考、有启迪、有感悟。人可以浑浑噩噩地活着，也可以清醒地、有思想地活着，而后者更可能使人生充满意义。大家平时不妨讲一讲自己身边的故事，以活跃自己的思维，这样，我们就不会只把眼光盯在一处，而使自己的心过于狭隘了。

4

假如我是一名患者

人总是要死的，而世上无疾而终的人并不多，大多数人或早或晚会成为患者。当然，成为患者肯定是不好的体验，因此，医院是每个有正常思维的人都不愿意去的地方。

我的职业是医生，但我同样是人，我同样也会在人生某个时刻成为患者。实际上，从出生到现在，我已经不止一次成为患者了，经历了被诊断出疾病、接受治疗、疾病康复的全过程。在治疗疾病这个舞台上，医生和患者都是主角，虽然医生的戏份要远远重于患者，但没有患者的配合，这场戏终究会被演砸。

作为医生，我已经演过不少“剧”了，我自知我的爱心、我的责任、我的细心、我的医术对一场治疗意味着什么。几十年来，我从一名年轻稚嫩的“演员”，慢慢地成长为“老戏骨”，我知道应珍惜领导和患者给我的机会。但是，如果有一天我成为患者，是否也能演好这出舞台剧呢？

假如我是一名患者，我会怎么做呢？记得上中学的时候，我吃磺胺药导致全身过敏，甚至面部皮肤出现了剥脱，本来就不好看的脸，经疾病折磨后更羞于见人了。母亲先带我去北京协和医院皮肤科看病，后来又到中医皮肤科看病，吃药、抹药，花了很长时间，病情才得到控制。那个时候，医生在我心里就是治愈疾病的希望，不管是喝难喝的中药汤，还是往脸上摸那些黄乎乎的外用药膏，我都无条件地服从。由于治疗效果比较慢，我难免有些急躁，因为不能上学，加上形象受损，又赶上夏天，家里也没有风扇和空调，只能闷在家里，但我还是坚持那个信念：医生会治好我的病的。最后结果是实现了当初的愿望——病好了。

作为患者，我信任医生，医生给我的建议对我而言就是圣旨，即使也有过等待治疗效果的焦虑，但我始终都没有改变对医生的依从性。

患病固然痛苦，不论是躯体疾病，还是心理疾病。但如果生病了，就要积极地面对。

假如我是一名患者，我会理智地接受生病的事实，不怨天尤人，不自暴自弃。假如我是一名患者，我会充分尊重和信任医生，即使他还年轻，临床经验还不足（即使是年轻医生，出于对生命和职业的尊重，他在面临复杂病情时，往往也会通过请示上级医生或到图书馆查资料等方式，为他的患者提出合理的诊断和治疗方案）。我相信，患者的信任会激励年轻医生治好疾病，他不会抱怨因为为患者的疾病去查资料而耽误了休息。

假如我是一名患者，我会意识到医生不是为我一个人服务的，为了抢救其他患者，在不影响我病情的前提下，略微怠慢了我，我应该给予理解。假如我是一名患者，我会明白医学的局限性，毕竟目前为止，不能被现代医疗技术治愈的病，比那些能被治愈的病还要多，不仅是晚期肿瘤会致人死亡，重流感也可能致人死亡。假如我是一名患者，我会理解治病不是医生一个人的责任，而需要我的配合，戒掉烟酒、生活规律、饮食均衡、锻炼身体必不可少。

假如我是一名患者，我会对任何人有礼貌，包括医生。只有做到心中有别人，才可能让别人心中有你。假如我是一名患者，我会懂得感恩，虽然我花钱治病，但医生也在用心为我看病。假如我是一名患者，我会知道恢复健康有快有慢，病情有时也会有反复。

假如我是一名患者，我不会去相信歪理学说，不会用自己一知半解的医学知识，在专业的医生面前班门弄斧。假如我是一名患者，我会相信科学，不会因为自己的固执理念和偶然“有效”

的方法，干扰正当的医疗行为。

成为患者是一件痛苦的事，成为一名依从性好、能与医生和谐相处的患者就更不容易了。假如我是一名患者，即使不容易，我也愿意配合医生，与医生一起为战胜疾病而努力。

5

学会放手也是医生的本事

我今天接诊了一位患者，男性，54岁，6天前出现喘息、胸闷、气短，3天后症状加重，伴有发热、咳嗽、咯血，被送到急诊科。

患者6个月前被诊断为肺腺癌，由于癌细胞转移到颅内压迫了脑神经，医生对其进行了开颅手术。18天前，医生为其做了基因检测后，又给予了易瑞沙靶向治疗。

被送到急诊科时，患者喘息已非常明显，心率快，呼吸急促，血氧饱和度只有78%。胸片显示除了肺的实变，还有弥漫性渗出病灶。头颅核磁共振结果提示脑转移瘤出血。患者因为血氧低，不时地抽搐，于是医生给予患者镇静治疗，并进行了气管插管、呼吸机辅助通气治疗，但患者的血氧还是不稳定。

我交完班后到抢救室看了这位患者，患者看上去很健壮，如果不是使用了呼吸机，很难想到他病情很重。患者的爱人和妹妹虽然看上去有些紧张，但不慌张，对我的问题回答得很有条理。

患者偶然因为头部不适做了头颅CT检查，被诊断出存在转移癌。之后的检查提示原发的病灶在肺部，病理分型是腺癌。医生说，头部的转移灶压迫了脑神经，需要手术，于是为他做了开颅手术。后来肺癌的基因检测结果出来了，医生建议服用靶向药物。

患者在这次重病前的18天就开始服用靶向药——易瑞沙。也许患者和其家属对治疗都抱有一线希望，即使服药后出现各种不适反应，也仍然坚持，直到这次来诊前6天患者在口服易瑞沙后出现了喘息、胸闷、气短加重才停用药物，当然也可能是巧合，即患者出现的症状与药物无关。但一个事实是，患者的病情并没有因为之前的治疗而得到控制。

癌症无疑是临床上最棘手的病之一，即使很多技术和药物的出现，也没有让医生对癌症的治疗有十足把握。患者和患者家属也往往谈癌色变。特别是患者在尚年轻、既往健康的情况下得了癌症时，患者和患者家属可能认为只要使出浑身解数，癌症总有一天会被打败。所以，我经常会看到患者不惜一切代价治疗癌症。医生们许多时候会被患者和患者家属的一腔热血所感动，或者也有着与患者和患者家属同样的乐观：面对癌症永不放手。

执着、坚持都是褒义词，在许多场合都适用，也包括在疾病的救治上。但适度、放手在许多真实的情境里代表着智慧。临床疾病不都是有药可治的，也不是治疗了就一定会好。现实的情况是，没药可治的病很多，有药但治不好的病也很多。这个道理不仅患者和其家属应该知道，医生更应该明白。医生无疑是有了疾病才出现的职业，医生的职责就是治病。但医生能治好的病只有一部分，所以医生的职责除了治疗，还有识别治不好的病。

医生的词典里除了“治疗”，还有“放手”这个词。人早晚要离开这个世界，这是不以人的意志为转移的，而有质量地活着才赋予了人生存的意义。“好死不如赖活着”的理念，已渐渐被人所抛弃。在急诊科有不少多器官衰竭的患者、疾病终末期的患者、器官老化的高龄患者……在对他们的治疗上，选择适可而止、适当放手，是医生尊重生命的体现。

对患者该放手时就放手，不是急诊医生无能，也不是急诊医生医德缺失，反而是急诊医生理性、睿智、具备人文关怀、尊重生命的体现。

诚然，选择“放手”，就要求医生医术精湛，对时间节点把控准确，与患者家属晓之以理、动之以情地沟通，远比选择不放弃难得多。它需要急诊医生有“公心”，这里的“公心”是对患者的关爱，对患者家属的同情。我认为，对该放弃治疗的疾病选择不放手的医生，缺少了作为医生应该有的温度。

虽然医学可能会有奇迹，可奇迹只会发生在少数人身上。医生不应该把小概率的事件当成大概率的事件来预期。医生治病应以人为本，以人的最终感受作为治病的目标。

放手不是被动地接受，而是保存机体积极的一面，让患者与疾病达成和解，让患者与自己喜欢的人有更多的时间在一起，让患者再体验一下人世间的美好。

每一位医生，不光是急诊医生，也包括专科医生，应正视医学的局限性。有时，学会放手也是医生的一种能力。

6

与疾病博弈的一个月

今天，陈女士终于可以出院了，一个月来，陈女士病情反反复复，现在总算稳定了。我一早查房时见到陈女士，她对我兴冲冲地说的第一句话就是：“我可以自己解小便了。”我真心为她高兴，至此陈女士身上的最后一根管子——尿管，在离院之前也被拔掉了。陈女士的爱人递给了我一封感谢信，对我们全体医护人员在这一个月来对他爱人的救治，给予了逐一的感谢。

陈女士，60岁，患有哮喘和偏执型精神分裂症，但平素靠药物控制，状况良好，生活能自理，还可以照顾外孙。后来因为父亲去世，她再次出现了精神病性症状，被送到了北京安定医院治疗。在住院期间，患者出现了呼吸系统感染、发热、呼吸困难的症状，随后神志状况也不好，经听诊发现肺部都是干鸣音，外周血氧饱和度也不好，北京安定医院考虑支气管哮喘急性发作，把患者送到了我院急诊科。

因为与北京安定医院不远，所以我院急诊科经常会接收一些从北京安定医院转来的合并躯体疾病的患者。一些精神疾病合并躯体疾病的患者，看似是精神疾病伴有不是很严重的躯体病，如肺部感染，但如果按照常规方案治疗，效果往往达不到预期，甚至有时病情会急转直下，超出想象。有些躯体病症状是精神疾病所独有的，如恶性综合征，患者表现为高热、意识障碍、大汗、四肢肌肉强直，对没有精神科知识的综合医院医生而言，在第一次诊断时，很可能一头雾水，治疗找不到靶点。我碰到的第一例韦尼克脑病患者就是一位从北京安定医院转过来的有精神分裂症的患者。患者当时40多岁，体重超过了100千克，平素食量很大，但在服用了抗精神病药物后，进食量就很少了，之后出现了神志不清的症状。经血气分析发现患者出现二氧化碳潴留，我以为患者神志不清与二氧化碳升高有关，于是为其做了气管插管，使其体内二氧化碳值恢复了正常，但患者的神志并没有因此好转。后来经过多学科会诊，我想到了韦尼克脑病，给予患者维生素B_1的治疗，最终患者的神志恢复了。

我虽然接诊过不少从精神病院转诊的患者，也学到了一些相关的诊断和治疗知识，但面对此类患者时总是底气不足。一是精神疾病患者的精神活动存在异常，不按常理出牌；二是部分患者精神高度亢奋，自然会给躯体带来伤害，而自身往往还感知不到；三是“是药三分毒”，治疗精神疾病的药也不例外，所以药物在控制精神疾病症状的时候，也在或快或慢地损伤着身体原本健康的器官；四是精神医学是一门专科学问，如果不学肯定不会，让非精神科的医生管理有精神疾病的患者，难度陡然增大。所以，面对陈女士的支气管哮喘急性发作，急诊医生一点儿也不怯场，但面对监护室中陈女士的大喊大叫、不配合治疗，非精神科的医生、护士都会面露难色。北京知名的两家精神疾病专科医院，分别与我院的两个院区比邻，如果精神疾病患者在这两家医院住院时发生躯体疾病，转移到我院无疑是不二选择，特别是急诊科。

陈女士前两周的治疗没有太大的波折，喘憋、呼吸困难、血氧指标偏低的症状很快通过药物和氧疗得到了控制；虽然体温持续不降，但也没有高到很危险的程度，医生动态把握抗生素的调整，使感染没有进一步恶化；进食时有时无，饮水时多时少，幸好既往的营养状况不错，血清中蛋白值变化不大，电解质一时的波动无大碍；精神状况时好时坏，睡眠时长时短，好在能通过胃管把治疗精神疾病的药物送到体内，配合北京安定医院医生的会诊，严重的精神疾病没有再发作。按既往治疗的经验，这类患者恢复慢，且病情易反复，医生不能着急，护士要小心翼翼，患者家属更不能失去耐心。看到患者的精神状况渐渐稳定了下来后，我就开始向患者家属交代患者的饮食问题。吃什么、吃多少对患者非常重要。前期因感染消耗大，精神状态不稳定，吃喝无常，患者体重超标且长期平卧、肠功能活动少，这些都会使患者产生其他并发症。对于精神疾病和躯体疾病合一身的患者，全身管理至关重要，哪个环节都不容忽视。患者能量消耗大，水的补充、蛋白质的给予都不能少。

当天晚上，我接到了本院熟人的一条短信："陈女士是我的一个朋友，今天肠梗阻了，能否把她留在急诊科继续治疗？你们对病情熟悉，陈女士的家属不想将陈女士转到外科。"上午我还看了陈女士，关注了她腹部的情况，得知她的排气情况一切如常，怎么晚上出现了肠梗阻？只能说急诊科患者病情的无常性处处存在，尤其对陈女士这样的患者，危险随时会降临。陈女士因为肠梗阻，谵妄、胡言乱语等精神疾病症状又出现了，医生给予了禁食、胃肠减压、灌肠等治疗，但陈女士的情况没有好转。次日，陈女士的体温升到了39摄氏度，脉搏氧饱和度开始下降，出现叹气样呼吸，开始神志不清。医生不得已在给予镇静治疗的状况下，为她进行了气管插管等治疗。当我再看到陈女士的时候，之前抱有的希望几乎完全破灭，于是提醒她的家属做最坏打算。可是陈女士家属的完全理解、积极配合，又让我萌发了不放弃的信心和希望。在这里要特别说一下陈女士的家人，中国有句老话："久病床前无孝子。"我们都知道患者很痛苦，但有时患者家属更痛苦——除了照顾患者造成的身体上的劳累，还有精神上的紧张。陈女士的丈夫是一个脾气非常好的人，对爱人呵护有加、体贴入微。陈女士在精神状态不稳定的时候，经常打、骂她的爱人。但我查房时从没见过她的爱人有一句怨言，而且对医护人员总是报以微笑。在陈女士的病情突发变化的时候，除了积极配合医生的治疗，她的爱人也没有让我看到他的脸上出现任何沮丧的表情。陈女士的女儿以及陈女士的兄弟姐妹都对她的治疗投入了极大的热情，给予了她无微不至的照护，他们既不嫌弃，也不抱怨，唯一做的就是听从医生的嘱托。临床工作中，我遇到过许多患者家属，我也曾经作为家属在病床旁照顾过家人，而陈女士一家子，让我看到了难得的真诚、信任、互爱、不放弃。一周的时间不算长，可陈女士却经历了体温的持续上升、呼吸的衰竭、血压的下降、低蛋白血症、肠功能衰竭，如以上任一症状控制不好，则后果无法设想。

一周后医生为陈女士脱机拔管，陈女士的体温也降到了正常值，肠功能开始恢复，出现排气、排便。让我想不到的是，陈女士的精神状况有了很大的改善。原本从不与我交流，而现在我们之间有了一问一答的互动。起初，陈女士进食还有些呛咳，而几天后就可以经口正常进食了。之后，医生减少了输液量，停用了抗生素，拔除了胃管，陈女士还可以在病区来回走动了。见过陈女士病重的样子，很难想象她这么快就能精神抖擞、步履稳健。1月24日来院，3月1日离院，这30多天对陈女士来讲是生与死的考验。离院时，陈女士对我们说："我要听我爱人的话，不让他太累，我要好好配合治疗，让身体好好的。"我简直有些不相信自己的耳朵了。

这个病例谈不上疑难，我想写它就是因为在医学里还存在许多不可知。总而言之，医生不能过于自信，因为自己的知识一定具有局限性；医生不能说绝对的话，但可做不放弃的事；治病要与患者合作，朝夕相处，通观全局，不放过任何点滴。

治病是一种积累，也是一种博弈。医生与病魔的较量结果，有时来自积累中的直觉，以及患者家属是否给医生放手一搏的机会。

7

这次查房，我没有开一粒药

今天查房，我看了5位患者。第一位患者，男性，37岁，患肺癌2年，现已全身多发转移。此次因“高热，肺部感染”就诊。第一次见到这位患者是几天前，当时他体温刚降下来，精神状态也不错，我与他聊病情时，他情绪平和，没有急躁的表现。我从他爱人那里知道，患者两年前通过体检发现肺癌时，就已经没有了手术治愈的机会，之后接受过4种化疗方案，总希望奇迹出现，结果花了50多万元，可治疗效果一次不如一次。骨痛、没有食欲、浑身乏力，给患者带来的都是负面的影响。我根据临床经验如实地告诉患者的妻子，患者的病情不可能再好起来了。患者的妻子似乎因患者仅37岁，并且有未成年的孩子而心有不甘，但两年来的治疗结果让她对是否继续治疗犹豫不决。今天，这位患者的体温又升到了39摄氏度，整个人处在昏昏欲睡的状态。这次陪床的是从老家赶来的患者的姐姐，她说本来有把患者接回老家的想法，也叫好了急救车，可到了要走的时候，患者的妻子很不甘心，又去了肿瘤医院咨询有没有一线希望。我跟患者的姐姐说："现在对患者最好的'治疗'，就是尽量减少他的痛苦，让他待在家属身边，使精神得到一丝慰藉。"最后反复的劝说还是起了一定的作用，患者被接回老家了。

第二位患者，女性，92岁，因"呼吸困难、心力衰竭"被家人送到医院。我见到患者的时候，她呼吸困难的症状已控制住了。患者平躺在病床上，氧气面罩半扣在她的鼻、口之间。我问患者的儿子："老太太平常身体怎么样？"患者的儿子说："她身体很好，生活能自理，很少看病。这次要不是憋得厉害，她一定不会来医院。这刚好一点儿，她就吵着要回家。"我弯下身子问患者："您感觉还憋气吗？"患者说："好多了。"我接着拿听诊器在患者的胸部听了听，没有发现太大问题，尽管射血分数只有30多。患者虽92岁了，但脑子不糊涂，听力不差，精神也不差。我又问患者："想回家吗？"患者没有迟疑地回答："想回家。"我转过身对值班医生说："既然患者想回家，就让她回家吧，有问题再来。"

第三位患者，女性，86岁，因突然晕厥被路过的邻居送到了急诊科。接诊医生为她做了心电图，发现是急性心肌梗死，就跟赶来的患者女儿说："患者需要住CCU（冠心病监护治疗病房）。"患者一听到要住CCU，立刻就拒绝了，并要求回家。原来不久前患者的老伴就是因为心脏病在CCU去世的，她至今想起老伴还时常落泪。我问患者有什么症状，患者说："现在没有难受的感觉。"我问："胸痛、憋气吗？"患者回答："没有。"我说："从我们的检查看，您的心脏出了一些问题，血管被堵住了，需要住院治疗。我看您的面相不像80多岁的人，如果住院治疗，效果会不错的。"患者这次没有再说不住院，但还是强调不住CCU。我问："为什么不住CCU呀？"这次是患者的女儿回答："如果住CCU，家属每天只能有1个小时的探视时间，没有家属在，她会紧张的。"我接着说："患者一旦病情稳定，就可以马上转到普通病房。"患者女儿说："上次我父亲住院时，医生也是这么说的。"我问："您的父亲上次住院时是哪位医生管他呀？"女儿说："孙主任。"我继续问："你们跟孙主任熟悉吗？"患者女儿说："熟悉，当时我还说孙主任是最帅的医生呢！"我说："如果你们信任孙主任，那我就请孙主任过来，由他来决定患者住在哪里，你们看行不行？"患者和她女儿都同意了我的建议。后来值班医生跟我说，孙主任看完患者后，就把患者收走了。

第四位患者，女性，85岁，有慢性支气管炎病史多年，是急诊科的“老病号”，常因慢性支气管炎急性发作来急诊科治疗，这次也不例外。当我看到患者时，她的病情稳定多了。此时，患者正坐在病床上，一边用自己准备的无创呼吸机吸氧，一边输液。患者和她女儿都认识我，见我过来，也没有拘紧。患者忙着问我各种各样的问题，例如：哪种药该长期吃，哪种药可以不吃了；如何让她的肚子瘦下去；总感觉饿，半夜需要加餐怎么办；什么时候能出院。看到患者说话的底气很足，我就跟患者说：“您这两天就可以出院了。”患者听到我的答复后，反而没有了刚才的兴奋，央求我能不能再多住几天，免得因病情反复，过几天就又回医院了。虽然我知道患者反复住院与在医院住多少天没有相关性，但我还是立刻答应患者过几天再出院。患者一听到我的答复，笑得像一个小孩子。

第五位患者，男性，88岁，因患脑血管病长期卧床，这次在家把胃管拔掉了，出现了误吸、发热症状，被送到急诊科。当时医生马上给他插了胃管，他的体温也在来院的第二天降到了正常值。如今患者体温已经正常一周有余了。本来安排患者今天出院，但患者的儿子担心父亲气管里还有痰。我跟患者的儿子说：“长期卧床的患者有痰很正常，只要不发烧、进食没有减少、精神尚可、呼吸平稳，就不用太担心，卧床的患者在医院住久了，反而容易交叉感染。”患者的儿子听懂了我的解释，于是开始收拾患者的随身物品，准备带患者回家。

我半天在抢救室和留观室就看了这5名患者。5名患者里有男有女，有老年人有年轻人，病种不同，病情不一样，但我最终没有给一名患者进一步药物治疗。医生不用药，显然不符合医生和患者的常规思维。在医生眼里，疾病就是“眼中钉”，“眼中钉”不拔除，医生就会有“心病”，看着患者就不舒服。而有的患者觉得医院就是受苦受难的地方，有的患者觉得医院就是消除病痛的地方，所以患者的情绪很有特点，它是恐惧、担心、困惑、乐观交织在一起的“复合体”。在这个“复合体”里谁是主导，谁是附属，医生很难一眼识破。有些人拼命地争取治疗，有些人拼命地躲避治疗。正是医生和患者之间对疾病的认知不同，使得在疾病的治与不治之间，失去了统一的判断标准。

老年患者、终末期患者是急诊科的“主力军”，对于这类患者的处理，没有统一的治疗标准，甚至“公说公有理，婆说婆有理”，就如上面谈到的5名患者，我相信不同的医生对他们会有不同的处理意见。

这次查房让我有以下心得。第一，医生看病要尊重医学的人学属性。每个人的想法不同。特别是对于老年患者，不要过于追求医学的科学性，也就是疾病的治愈，而要听从患者的想法。第二，医生要有担当，与患者共同商量，对晚期肿瘤患者治疗到什么程度时放手，医生应该比患者明白，人活着需要一定的生活质量，用高额的医疗费用换取以天、月计的生存期，真有价值吗？该放手时就放手，医生的责任就在于担当。第三，责任心不仅是按流程办事，更是要“走心”。按流程办事是做事的核心，可以让任何人无话可说。但医学上的流程遇到一些患者的时候，就会出现“水土不服”。有责任心的医生就要设身处地分析患者“水土不服”的原因，思考有没有流程之外的解决办法，而不是规行矩步，失去了人情味。世上无难事，只怕有心人。第四，区别急性病与慢性病。老年人本身就器官功能不全，但是器官功能不全不是急诊医生眼中的急性病。所以，急诊医生要关注的是此次急性病的治疗效果，而不是眉毛、胡子一把抓。急性病在医院治，慢性病在家里养。治和养不是一个概念，治有时间性，如果超过了治疗时间还有问题，要么就是不治之症，要么就是病情反复了。急诊医生要留意老年患者治疗的时间节点，如果错过了就是医生失职。第五，医生要时时刻刻保持同理心。得病就会恐惧，反复得病就会一直紧张。虽然有些病不会直接威胁生命，但病情反复往往就会令患者有提心吊胆的感觉。要想缓解患者的紧张情绪，医生就要聆听患者患病的故事，通过沟通拉近与患者的心理距离；同时在非原则的问题上，给患者一定的支配权，这样既让患者有了满足感，又让患者提高了自信心。想患者之所想，不能只停留在口号上。

做医生的乐趣，不全在于找到触手可及的答案。我认为，正是每天遇到的不同患者，给了医生不同的所思所想，让医学工作变得不纯粹是科学性工作。这里有对人性的反思，有对科学的追问，还有不可避免地对人情感的投入；有的是科学的，有的是科学之外的。但这些都是作为医学的人学属性所固有的，当然也是医学一直深深吸引我的地方。

8

这次回家是那样不平常

回家是一件平平常常的事，因为几乎人人都有家；回家是天经地义的事，因为家是亲情的归宿，是遮风挡雨的港湾。过年回家是中国人的传统，是离家在外的人一年中最期盼的事。可今年对于老曾来说，回家难上加难。老曾今年54岁，说“老”有些牵强，但也不算年轻了。我认识老曾纯属偶然：我们是医患关系。老曾有家，有儿有女有老伴，所以老曾并不缺感情的寄托；老曾的家乡有高铁站，所以交通不是问题。去年，老曾瞒着家人拿走自己的身份证来北京打工的时候，想必有很多想法，比如，看看北京到底是什么样的，感受一下北方的气候和南方有什么不同，尝一尝北方的炖菜和面食比起吃习惯了的辣子和米饭是不是也别有一番风味。当然，老曾肯定也想过凭着干木工的底子、不怕吃苦的精神，在北京打工、挣一些钱，再回家过年。

老曾打工的地方就在离我们医院不远的19号线地铁工地，他顺利地干了几个月。进入了1月后，北京的流感高峰来了，一时间，北京各大医院的急诊科挤满了患者。急诊科的医护人员只恨自己少长了两只手，整天忙得昏天黑地。老曾也不幸感冒了，可老曾又是幸运的，流感病毒并没有对他下狠手，老曾最初的症状不是很严重。但老曾太珍惜自己的工作了，太想带着丰硕的成果回家了，而忽略了对自己身体的爱护。老曾曾是一名木匠，工作中力气活不少，有一天昏倒在打工宿舍的楼梯上被人送到医院。不管怎么说，老曾还真是一条汉子，能吃苦、坚韧，还有些无畏。

被送到医院后，老曾已经是不省人事了。送他来医院的工友说，在送医院之前老曾还抽搐了一阵子。昏迷在急诊医生眼中就是危重症，所以急诊医生对老曾一点儿也不敢怠慢。老曾没有意识，躁动不安，工友也不是很清楚老曾既往的身体情况，急诊医生问不到太多的病史内容。监护仪器显示老曾的呼吸频率26次/分，心率138次/分，脉搏血氧饱和度只有50%；经听诊发现肺部有明显的痰鸣音。护士们赶紧给老曾吸氧、输液。一会儿，血气分析结果出来了：pH值7.057、氧分压60mmHg、二氧化碳分压89.7mmHg，提示呼吸性酸中毒。于是，医生给予无创呼吸机和输碱性液的治疗，把碱性液给老曾输上。陆陆续续的检验结果和影像检查出来了：白细胞高，血小板压积高，肝功能异常，凝血功能障碍，心肌受损，低钾血症；肺间质、肺实质有问题，存在肺不张，新病变和陈旧病变混在一起，两个肺几乎没有好的地方。这也难怪老曾的血气分析结果这么差，导致他昏迷的罪魁祸首就是低氧和二氧化碳潴留。治疗过程中，血氧慢慢上升了，老曾被叫醒了，但血压却降到了70/40mmHg，体温升到了38.5摄氏度。虽然忙碌了一天，但医生一刻也不敢松懈，医护人员不停地在老曾身边做评估、调整治疗，并对昏昏沉沉的老曾说一些鼓励的话。

我第二天见到老曾的时候，他平静了许多，虽然他还离不开呼吸机和升压药，但人已不再躁动了，向他问话时他也能睁开眼小声说话。我对老曾的预后有了一些信心，可看到老曾消瘦的身体，想起那快没有功能的双肺，危险的警报又在我的脑子里出现。老曾的女儿从老家赶了过来，和我说了一下老曾的情况。老曾既往得过肺结核，也在当地医院规律治疗了一年多。平常老曾是一个闲不住的人，总有外出打工的念头，但家属都知道他的身体状况，就把他的身份证悄悄地藏了起来，想就此断了老曾外出打工的念想。没想到，老曾竟如愿以偿地来到了北京，只是老曾没有想到他有一天会出现在北京一家医院的重症监护病房。

我给老曾制订了详细的治疗和恢复方案，医生、护士每天也非常热情地对老曾嘘寒问暖。老曾是一个内向的人，话不多，表情也不丰富，但从他那双长满茧子的大手看，老曾是一个吃苦耐劳的人。老曾的恢复超过了我的预期，住院第九天时已经可以不吸氧了，自己也能下地上卫生间。我那天看他的时候，老曾正在床上用手机看视频。我问老曾感觉怎么样了，他说："挺好的。"我问他是否想回家，他说想回家。我又问他是否害怕死亡，他说害怕。我接着说："老曾，你是在死亡线上走了一遭的人，你以后要更加珍惜身体。"老曾点了点头。明天，老曾就要在女儿、女婿的陪伴下回老家了，今天老曾也难得地露出了微笑，也有了更多说话的欲望。我开玩笑地问："老曾，还会再来北京打工吗？"老曾没有回答。我紧接着说："以后就在家乡好好养病，在体力允许的时候在家乡找一份力所能及的工作，等北京地铁19号线投入运营时，可以让女儿陪着来北京，看一看19号线，毕竟，19号线也有我们老曾的一份功劳。"老曾和他女儿都笑了。

我承认医生的能力没有那么大，对重病的救治也没有十足的把握，医生做每一个决策都小心翼翼。谁夸大医学的能力，就是对生命的不尊重；谁只靠医生活着，就是对生命的不负责。生命掌握在自己手中，生命的脆弱，生命的顽强，都是医学难以预估的。老曾的恢复确实表现出了生命的顽强，但谁能知道老曾昏迷时的脆弱呢？生命不是儿戏，开不得半点玩笑。医生职业的伟大，在于医生对生命的守护，而不在于医生拥有对生命的决策权。人的生命只有一次，聪明的人一定会把其牢牢握在自己手中。

家寄托了我们的感情，让我们有了牵挂，赋予了我们责任，有家就有爱，有家就有希望。在中国人的眼里家是温暖的象征，家人是我们最有力的后盾。最终，老曾赶上了回家过节的末班车。我真心地祝福老曾，愿他一路平安。医生的幸福不在于名和利，而在于对患者的守护，在于看到患者康复。愿每一名患者都能像老曾一样，在春节来临之际，身体康复，踏上回家的路。

9

总让我感动的患者

我今天查房时看了一位40岁的女患者，她最初的症状是发热、呼吸道感染，当时医生想让她通过输液控制一下症状，就让她回家。可患者突然出现了呼吸困难、说话费力的情况，凝血指标也不正常，医生怀疑肺栓塞，就把患者留在了抢救室，等待肺血管CT检查。见到患者的时候，她正坐在床上吸氧。她看上去精神不错，说话时笑呵呵的，要不是因为说话时有些气短，很难想象她是一名患者。见到患者之前，我已经知道她发生了肺癌脑转移，在我印象中，这类疾病的患者应该是消瘦、苍白、头发不多、表情淡漠的样子。但看到这位患者时，我就颠覆了以往的认知。

患者3年前因为头痛到医院就诊，后来发现脑膜有转移的肿瘤，最后经一系列的检查确认原发肿瘤在肺部。为了缓解头痛的症状和控制脑膜的转移瘤，医生给予她鞘内注射治疗。治疗效果不错，患者头疼的症状得到了改善。紧接着，医生又对患者肺部原发病灶进行了靶向化疗，初期有效果，可不久就出现了耐药性，医生只得换一种新的药物为她继续治疗。这次来我院之前，患者对靶向治疗药又产生了耐药性，医生本想再给她换一种新的药物的时候，她出现了发烧的症状。

近3年，患者都不是以一位健康者的身份生活，治疗中病情的大起大落也不时地考验着患者的意志和精神。化疗的过程往往是令人痛苦的，即使是使用靶向化疗药物的患者也很少没有不良反应，轻的是消化系统局部不适，重的是全身症状带来的痛苦。

这位患者的乐观心态让我吃惊，谈到自己的疾病就跟讲别人家的故事似的。“最近对靶向药物又产生耐药性了，不曾想还摊上了肺栓塞”，她笑着说。别说晚期肿瘤，就是肺栓塞也会让大多数人，包括我非常崩溃。

医生最怕告诉患者坏消息，医生明白，许多时候患者不是被疾病打倒的，而是被得病后的恐惧吓倒的。医生也是人，医生也会生病，所以医生也了解患者的心理。可眼前这位患者让我不需要在和她交谈时费尽脑汁地寻找合适的字眼，于是我开诚布公地与患者谈论疾病，心情放松地与患者议论生死。一般来讲，晚期肺癌患者的生存期不到1年，即使接受靶向化疗，一旦耐药，临床效果也不会很好。所以对于晚期肿瘤的患者，临床效果就是一个概率事件，活得有没有生活质量、能活多久，医生无法准确地估计。

这位患者没有对生活流露出任何失望，也没有抱怨命运的不公。我问她这3年生活质量如何，她说："挺好的。吃喝、活动、心情都不错。"医学发展到今天，给患者带来的益处是有目共睹的。诚然，这位患者的状态肯定有医生的功劳，可我认为医生的功劳应该退居第二位。虽然我不是肿瘤科医生，但在急诊科也没有少见即使经过治疗也没好转的肿瘤患者，了解医生对肿瘤，特别是晚期肿瘤的治疗没有必胜的信心和绝对的把握。

这位患者高质量地活了3年是奇迹。虽然3年里她可能有过各种我不知道的痛苦、艰难，但我今天感受到了患者的良好心态，更坚信人的意志力、人的心态、人对生命的理解、人的价值观会影响肿瘤细胞的发生、发展，会对生命的长度、生命的质量产生不可小觑的影响。

对于这位患者，从技术层面，我已无计可施，即使有一些治疗办法也无法治愈她，只能是缓解症状。可她的豁达，对生死的超然态度，能活一天就要活出精彩的人生态度以及坚持不放弃的决心让我获益匪浅。我把该问的问题都问完了，把该了解的事都记下了，但我还是愿意与她多聊一会儿、多待一会儿，多看一看她的笑容。这时，患者在我眼里不仅是治疗的对象，更是能让我汲取能量、感悟人生、理解生命意义的人。

医生除了追求技术的进步，也应该关注患者的内心。医学需要理性的思考，而患者也需要获得情感的支持。在技术的有限性和人对情感追求的无限性上，医生身上的理性色彩不应太浓。

三 如何面对衰老

1

哲学家眼中的老年人

虽然我不愿意承认自己老了，许多时候还在体育场上与年轻人拼速度、比肌肉，但时间的脚步却不曾停下。刚值完了最后一个总值班，我就被医院办公室告知，因为年龄的原因，我以后就不用再为总值班发愁了。听到这个消息，我真是喜忧参半。

随着年龄的增长，我开始越来越多地关注老年话题，思考老年人应如何健康生活。老年健康包括了躯体的健康和心理的健康。作为医生，我对各种老年躯体疾病的发生、发展并不陌生，同时，对如何通过饮食、睡眠、运动尽量避免严重躯体疾病，也有一定的心得。但是，对于人步入老年后心理的变化，还缺乏了解。而心理健康很重要，许多时候，正是老年人心理出现了问题，才引发了各种躯体疾病。

作为一名哲学爱好者，我准备求助于哲学，了解老年人的心理问题。

西塞罗是古罗马著名的哲学家，他的《沉思录Ⅲ》包含了《论老年》。对步入老年期的恐惧，不是我们这个时代的专利，早在古罗马时期，很多人就对步入老年期而忧心忡忡。人们为什么害怕老年期的到来呢？书中提到了四个原因：第一，不能再积极地施展才华；第二，身体开始变得衰弱；第三，无法再继续享受感官上的快乐；第四，面临死亡。

年老体迈的人，就不能积极地施展才华了吗？这不能一概而论。年龄大了，生理机能下降、减退是很正常的现象。人体的器官功能从发育成熟到逐渐衰退都有规律，不可改变。在这里，因年老体迈而不能再积极地施展才华，更强调的是体力方面的工作。像我，因为年龄大了，不需要值总值班了，就是医院考虑了我的体力。老年人虽然不适合体力劳动，但是其能发挥的作用，也是年轻人不能比的。想要取得伟大的成就，单靠体力劳动和身体的灵活是不够的，更重要的是拥有沉着冷静的性格、卓越的智慧和独到的见解，而这些品质，又恰好是很多老年人所具备的。

医生这个职业，很大程度上靠的是经验的积累和熟练的临床思维，所以人们说“医生越老越值钱”。当然，年迈也并不意味着“吃老本”，但知识的补充受体力影响不大。老年人如果常常让自己的大脑运转，就能让自己不断地进步。苏格拉底晚年才学会七弦琴，吴承恩晚年才完成《西游记》的创作，这些都说明，年老体迈的人也可以积极地作出贡献。

老年人的身体开始衰退，这是不争的事实。老年人不应渴求拥有年轻人般的体力，人在不同阶段的身体素质是不同的。每个人都应该在适当的时候，适当地利用自己的优势，因为，大自然给予我们的生命是有规律的。儿时的稚嫩、年轻时的活力、中年时的稳重，以及年老时的睿智，我们在每个阶段都拥有相应阶段的特征。

除了锻炼身体，我们更应该充实内心，因为，如果我们不给内心加入继续燃烧的灯油，它们就可能因此而熄灭。心灵智慧的提高，可以让我们的头脑更加灵活。一个总是将自身置于学习之中的人，虽也会在岁月的长河中渐渐地变老，却往往不会有突然苍老的感觉。锻炼使体格强健，学习使人聪慧，锻炼和学习都可以延缓衰老。

老年人感受到的感官快乐比年轻时少，因此可能不适应。但很多哲学家倒不觉得失去这种快乐有什么坏处，相反，他们认为，步入老年期以后，能够放弃年轻时追求的感官享受是一件值得庆幸的事。

古希腊的哲学家阿契塔曾经说过："自然给予了人类感官享

受，殊不知，这是罪恶之源。因为人们为了寻求感官享乐，贪念一点一点地滋生出来。一个人在感官上非常亢奋的时候，他就会变得毫无理智可言。因此，没有什么东西能够比感官享乐更加危害人性了。”

柏拉图说过：“快乐就是罪恶的诱饵。”步入老年期后，虽然感官的快乐少了，但还有许多能激发老年人兴趣的事情可以做，比如旅游、绘画、摄影、写作、阅读、音乐欣赏等。老年人可以把在年轻时喜爱而没有时间做的事，在进入老年期完成。这种兴趣所带来的快乐，和吃喝玩乐的消磨带来的快乐不能同日而语。这种快乐，是在追求自身价值的同时，增长了自己的知识和阅历。我们可以把这个过程理解为一种求知的乐趣，对于那些接受过良好教育的人来说，这种需求会随着他们自身年龄的增长而增加。

老年人的品行，受益于年轻时打下的基础，德行定终身。威望是不会随着时间的推移而失去的，白发和皱纹不可能让一个人突然失去了威望，因为，这些威望是他早年品行的积累。

而有些老年人，常会出现莫名其妙的烦躁不安，其中一个很重要的原因是他们被人忽视，甚至被人轻视。此外，还有一个重要原因是老年人身体较孱弱，哪怕最轻微的伤害都可能导致痛苦。但只要老年人足够开朗，情绪就不会轻易被外界所影响。

老年人要如何面对死亡呢？在医院每天见到的生死离别，让我不禁感叹人生苦短。谁也不知道明天和意外哪个先来，有时死亡只是一刹那的事情，很多时候与年龄没有直接关系。年轻人由于活动范围广，接触人、事、物多，其意外死亡的概率大于老年人。由此可见，活到老年也是一件不易的事。

未知的将来，我们又能怎样预知呢？老年人只要健康、平安地活着，就是一种幸运和幸福。年轻人的死亡犹如熊熊燃烧的烈火，被突如其来的暴雨所浇灭；而老年人的死亡，往往就像一团将要燃尽的火苗，在没有任何外力作用的情况下，越来越小，最后自行熄灭。

在急诊科，老年患者很大一部分在80~90岁。其中一部分老年人查体结果和化验指标没有太大的问题，他们只是不想吃东西，精神状况也不如从前。有时患者家属很焦虑，会问医生："患者各项指标都还可以，但为什么治疗效果不好？"我常常对患者家属说："老人家的身体'部件'老化了，已经不能正常工作了，吃再好的药也无济于事。就像旧自行车，零件都磨坏了，光靠上油能解决什么问题呢？"大限已到，该消失的终归会消失，唯一能保留的，就是之前用美德和正义的行为所赢得的声誉和尊重。

人从出生的那一刻起，就已经走在了死亡的路上，所以，我们从小就要正视死亡，不要把死亡想象得过分神秘。只有这样，我们才能有从容的心，不会整日被死亡的恐惧笼罩。

马克·奥勒留说：“千万不要在你自己可以活上一万岁的假想下活着，死亡之神时刻注视着你。”所以，在有生之年尚有能力时，要尽情做有意义的事。

老年期对年轻人来说是未知的神秘领域，只有老年人才知道其中的奥妙。只要保持健康积极的心态，我们就会发现，原来老年期和生命的开端一样，那么可爱，那么美好。人的一生，犹如在海里航行的一条船，要经历登船起锚、扬帆远航、抛锚停船、登陆上岸的过程。而每个阶段，都有美的一刻、都有闪耀的瞬间，抓住它，享受它，知足才会常乐。

2

与高龄的患者在一起

今天，我被病房里的高龄老人包围了。这些90岁左右的患者的病情有轻有重，患者有的思维清晰，有的有些糊涂；有的可以和我言语交流，有的只能冲我点头；有的不抽烟、不喝酒，有的来医院之前还没有戒烟；有的家属成群，有的是空巢老人；有的非常怕离世，有的看淡生死。

他们活着是否幸福？他们为什么能活到如此高龄？我很难回答。但看到这些老人，我就不禁思考，自己能不能像他们一样活到90岁呢？我会活成他们之中的谁？活到90岁的感觉好吗？

无论作为一个普通人，还是一位医生，有这些思考都很正常。长寿往往意味着健康，而保证人类的健康，是每位医务工作者的职责。所以，我会千方百计地寻找人类健康的可能原因：是心态，是运动，是饮食，是睡眠，是职业，是医疗干预，还是其他？当然，作为普通人，我希望在这个世界多留一些时日，有更多时间欣赏大自然的美景，体会家庭的温馨，反思世界，品味成功后的乐趣，享受与朋友相聚的快乐。

我非常喜欢和这些老人聊天，我总希望从聊天中得到一些问题的答案。这个年龄段的老人，往往对外人都非常温和，用北京话形容就是“有面儿”。虽然，他们有时会流露出对子女的抱怨，但他们总体是知足的。他们喜欢跟我聊一些往事，包括自己被人误解、感到委屈的事情，但他们说起时是那样的淡然、平静，很少有愤怒、抱怨的情绪，宛如在给我讲他人的故事。这种心态，是大多数的人难有的，由此可见，包容、心宽、不计较、放得下，是这些老人长寿的一个重要原因。

这一代老人，尽管家庭背景各不相同，但都是自食其力者。他们一生为事业奔波，为养育子女操劳，一直勤勉，腿脚很少停歇。生活锻炼了他们的意志，劳动强健了他们的体魄，而这些某种意义上给了他们一个健康长寿的身板。

90多岁的老人，身体的各个“部件”都老化了，想拼命通过吃药、手术来修补这些已达到使用极限的“部件”，从目前来讲是不可能的。

有时，我会对一些希望通过医学方法治好老年患者的疾病的家属说：“想治好老人的病，只有一个方法，那就是把他身体所有的‘部件’都换一遍。”所以，使用许多医学指南提出的治疗方法时，一定要考虑患者的年龄、患者什么时候能获益及获益与风险的比例是多少。

每次看到患者家属拿出一大袋药，告诉我这就是老人每天要服用的，我就会问他：“每天患者能吃多少食物？”患者家属通常会说：“吃这些药就快吃饱了。”我认为，这不是患者家属的错，也不是患者的错，而是现代医学的错。现代医学不是健康和长寿的代名词，这个道理患者家属要知道，患者要知道，医生更要知道。

一些人盼望生命能尽早结束，活着对他们来讲是一种压力。这些人包括失去了生活自理能力的人，失去了一家之长的地位、无法掌控子女的人等，这些丧失使他们焦虑但又无力。还有些老人非常害怕离开这个世界，虽然生活质量并不高，但一谈到死亡，就会坦率地说：“我不想死。”

我的价值观告诉我，我愿意活得长久，但更愿意高质量地活着。虽然不能再跑步了，但四肢还能动；虽然写不了文章了，但还能看懂别人写的东西；虽然不能再为社会创造价值了，但也不拖累别人；即使避免不了生病，但也不要得太痛苦的病；即使没有太多朋友了，但也能自娱其乐。

活到90岁，固然是大多数人的向往，但不是大多数人能实现的。谁说了算？既要看命运，更要看自己。现在的科技和医学的发展，使得许多疾病的治疗有了重大突破。但同时，现代化的工作模式，使很多人养成了久坐的习惯；科技发展给生活带来便利的同时，人们也越来越偏离自然的生活模式。这些都会影响人们的健康状况和寿命。今天，“吃得好、穿得好、过得自在、不受罪”的人，不一定比我们的长辈活得长、活得好、活得健康。

3

面对即将步入老年，我准备好了吗?

虽然我今年57岁了，但每天还能跑10 000米；往往没有到饭点，肚子就饿了，而且食量还不少；睡眠在6个小时左右，白天像年轻时一样精神。所以，从动、吃、睡来看，我没有觉得自己和年轻的时候有什么差别。用一句话总结就是，我没有想过自己老了。

我从父亲住院起就开始陪床，也就是3个月的时间，父亲由最初还能由人搀扶着在楼道里散步，到需要坐在轮椅上才能在外面转一转，进而只能在床旁坐一坐，最后卧床不起。这一切对我来说，好像发生在一瞬间。当然，父亲的情况除了疾病本身的影响，还受与疾病相关的体力上、精神上的急剧变化的影响。

5个月前还能在苹果园里摘苹果的父亲，一下子衰老了。一位生活完全能够自理，每天看电脑、发微信忙个不停的正常人，在短短3个月的时间里，一下子变为需要外人帮助才能勉强完成吃、喝、拉、撒、睡的患者。这种巨变不但父亲无法理解，就连我也很难接受。

人的衰老速度看似很漫长，但有时快得出奇。我有一位好朋友，他58岁，平素身体没严重的病，春节期间到病房看望我父亲，叮嘱我父亲好好养病。他临走的时候告诉我，如果我忙不过来，他可以随时来帮忙。可没过几天，这位朋友就住院了，随后被告知他接受了心脏搭桥手术，前两天，为了继续调养心肺功能，也住到了父亲所住医院的病房。一向注重形象、神采奕奕的朋友，一个月里发生了翻天覆地的变化：头发变白了，也凌乱了，整个人没精神，说话没力气；更可怕的是，还需要护工帮助照料起居。真是一夜之间，人就老去了。

在医学上，影响衰老的因素很多，如基因、环境、疾病、生活习惯等。但是，很少有人知道，人的衰老是从哪一天开始的，衰老的速度是快还是慢，自己衰老的程度是轻还是重。人老了，意味着器官功能在走下坡路，简而言之，就是年轻时能干的事，老了再干就会力不从心。

年轻的时候，我们可以像歌里唱的一样荡起双桨，在湖中泛舟；可是，年老的时候，我们也许只能拄着双拐，步履蹒跚。有时，我经常跟患者讲，年轻时，人是布娃娃，不会像薄铝娃娃一样，摔一下局部就可能出现痕迹；年老了就如同瓷娃娃，不碰时是完整的，可一旦被碰倒，顷刻间就可能变成碎片。所以，人不服老不行。

俗话说："识时务者为俊杰。"而我心目中的俊杰，是经常对健康与金钱、工作做权衡的人。人老了，健康最重要，但是，与年轻时相比，保持健康陡然增加了不少难度。这反映在人老了以后，抗挫折能力、身体的自愈能力、身体的修复能力都大不如前了。所以，人老了，聪明的做法就是尽量改变那种你追我赶的工作方式，放慢生活和工作的节奏，适时掉转在快车道上行驶的车轮，平稳地进入慢车道。

现在生活条件好了，人们往往不需为了解决温饱而发愁。但是，有些人容易忘记年龄和身体的承受力，仍然在为金钱和事业打拼，停不住脚，刹不住车。突然有一天，因为事业的原因身体亮起红灯的时候，破碎的瓷娃娃再也不可能复原了。这时候，只能躺在病床上，长长地发出一声后悔的叹息！

人不能不服老。比如今天能跑10 000米，不代表明天还能跑10 000米。正视自己的年龄不是愚蠢的，而是理智的，是一种智慧。做符合自己年龄段的事是聪明人的做法。我坚持跑步10余年了，虽然有了一定体能的积累，但它并不能保证我比不跑步的人长寿。

生理年龄是客观的，嘴上不服老是无济于事的。所以，人一旦老了，就不要心比天高，对自己过往的肯定不可念念不忘，而应该放手时就放手，该低头时则低头。

跟疾病打了30多年交道，我知道如果“惹”了身体，它就立刻带来痛苦，所以，趁大脑还清醒、身体还算硬朗的时候，小心地呵护身体，这才是明智的选择。

57岁已不算年轻了，可以给自己列清单了。我要谨记：

事项一，心态是最重要的，做事一定要顺应年龄；

事项二，凡事可以操心，但不要往心里去；

事项三，该负的责任要负，该尽的义务要尽，但不要较真；

事项四，不要逞强，做没把握的事时要三思而后行；

事项五，该放手时须放手，得饶人处且饶人；

事项六，遇事要量力而行；

事项七，知足常乐；

事项八，多读书，头脑会变得敏捷，多走路程，躯体不易“生锈”；

事项九，注重心理健康；

事项十，有伴侣的生活是幸福的，要珍惜自己的爱人；

事项十一，人老了都会生病，对能治的病积极治，对治不好的病不要勉强。

年轻是暂时的，衰老是不可改变的。老年期，是生命周期的一部分，如童年期、少年期、青年期、中年期一样，每个阶段都是独一无二的，每个阶段都有喜有悲。

然而，老年期，对我来说还是充满了未知的神秘领域，毕竟只有经历过的人，才能对其了然于胸。现在，我即将迈进老年期的大门，我想如同我们走过的人生的每个阶段，只要能够保持积极健康的心态，老年期也可以充满乐趣。

4

面对衰老，我们准备好了吗?

进入2016年，我就56岁了。按照以前世界卫生组织的定义，60岁的人就是老年人了，56岁的我，也应该算步入老年前期了。虽然，现在的观念和人的心态都有了变化，普遍认为50多岁还不老，但从医学角度来讲，50多岁的人，一些器官的功能已呈现出衰老的趋势。许多人在这个年龄段，眼睛开始花了，食量也较以前下降了，身体耐力也没有以前强了，记忆力也明显下降了，睡眠也出现了困扰。即使这样，我们还是要知足，因为与以前的人比较起来，我们活得算长的了。

在人类存在史中，人类的平均寿命在大多数时期不到30岁，例如罗马帝国的臣民平均寿命约28岁。所以，在谈到16世纪晚期的生活时，哲学家蒙田写道："死于老年是少见、异常、奇异的死法，远不如其他死法来得自然——这是最不可能的、最极端的一种死法。”看来，如果生活在那个年代，我就是高龄老人了。

虽然科学推算人的自然寿命应该是100多岁，但是，从前人类生命的自然进程是英年早逝、未老先亡。由于没有经过衰老过程，先前的人们对衰老的概念、衰老的感受、衰老的进程的理解就很有限。

随着现代科技的迅猛发展，人类物质条件和医疗卫生条件有了很大的改善，保证了人类的寿命远远超过了30岁。现在，大多数人经历了童年时代、青年时代、中年时代、老年时代，最后才走向死亡。所以，今天可以把蒙田的话反过来说——死于青年是少见、异常、奇异的死法。

我能生活在这个时代是幸运的。我没有遇到战乱，就不会发生因为一颗流弹飞过而未老先死。我出生时，虽不是物质极丰富的时代，但我的家庭保证温饱不是问题。我儿童时代的生活是无忧无虑的，虽然没有游戏机、手机等丰富的电子产品，但游戏内容并不匮乏，比如男孩子常玩的游戏“骑马打仗”、“官兵捉贼”、“扇三角”、推铁环、弹玻璃球；女孩子常玩的游戏跳皮筋、拽包、玩羊拐、捉迷藏。

除此之外，我最开心的就是学习不太累，作业也不太多。我一路快快乐乐、轻轻松松读到了初中。我当时最大的理想，就是毕业后到家门口副食店做一名卖动物饼干的售货员。但是，临近初中毕业时，高考制度恢复了，于是我的“理想”破灭了。我考进了医学院，之后做了小时候从没有想过的职业——医生。这一干就是30年。即使对现在人来讲，也是人生近三分之一的时光花在了工作上。期间，有迷茫、有困惑、有痛苦、有犹豫，当然，更多的是体会到了成功后的喜悦、挽救生命的成就感、立志为医学工作的发展作出贡献的使命感。

这56年，我经历了做孩子、学生、医生，为人夫、为人父、为人师各个阶段，也适应了我的生活和工作，期望人生能按着这个惯性一直走下去。因为，之前发生的一切对我来讲太熟悉了，许多东西已渗入骨髓，成为了不可更改的习惯。

但是，有时人要“刹车”，不是内心想“停车”，而是如果再继续走下去，就有悖于自然规律了。

最近，我在微信公众号看到一则消息：美国一位80岁的老人，从56岁开始健身，在80岁的时候，身材比少女还要健美，她还是一位马拉松选手。我不敢否认这则消息的真实性，但这位老人肯定是个案。就拿我来说，46岁到55岁时几乎每天跑4 000米，到了55岁以后开始每天跑10 000米。而且通过健身，在年轻时都不曾出现过的肌肉，在我老年前期出现了，周围很多朋友把我当作一个“不正常的人”，可见，有些事情是没有普遍性的。

现在，国外流行一个新词——无龄感，是指在年龄增长甚至老去后，仍然保持一种不为年龄所累，如年轻人一般的生活态度。虽然这是一种积极向上的生活理想，而且对有些人也适用，但是我还是相信“老词”——年龄。作为医生，我要正视年龄给身体机能带来的变化，因为，医生要考虑具有普遍性的事，而不是将全球一些个案向大众推广。而且，我锻炼身体的方式，在周围朋友看来，也应该算是个例。

到了一定年龄，人就会出现衰老，这是规律。衰老包括了两个层次的含义：身体本身的衰老和精神状态的衰老。至于哪个衰老得快，哪个衰老得慢，取决于个体的情况。我们经常会说“未老先衰”“鹤发童颜”，两个词形容了不同年龄段的衰老程度有轻有重。但不管怎样，要承认衰老。承认“年纪大了”才能活得坦然。无人可以逃脱衰老的命运，从出生的那一天开始，每个人都在不断地老去。

现在，中国是老年人口很多的国家，所以，我们更应该重视衰老这件事，不回避、不畏惧。衰老还有另一层含义——成熟、安详和平静。叔本华说：“只有在完成人生的某一阶段，或是接近人生终了的时候，我们才了解我们所有行为的真正关联——我们有什么成就，我们做过什么。只有到那时候，我们才能看清楚因果的切实关系，我们所有努力的精确价值。”

承认衰老，也就认可世界留给自己的时日不多了。如今，我就不能像年轻人一样，认为生命好像无穷无尽，可以尽情地消耗，而是要敬时爱日，把每一天都当作生命的最后一天。现实世界给了人类那么多诱惑，也只有在衰老来临的时候，人们才能静下心来，梳理一下什么才是自己真心想要获取的。以前脑子里那些不切实际的想法，也到了该放弃的时候了。记住，这个世界没有卖“后悔药”的，该放手时须放手。

有些人认为，衰老是一件可怕的事情，不愿意承认衰老的到来。而斯坦福大学的心理学家劳拉·卡斯藤森的研究发现，衰老并不会将快乐之人变成整天闷闷不乐的人。在步入老年的过程中，人们在情绪上往往会变得更加稳定，更加知足。衰老，要求人们更想开一点，不再把子女当作不懂事的孩子，处处管着，天天操心；同时，也不把子女作为自己的私有财产，任意支配，子女稍有不从，就认为子女大逆不道。

胡适先生讲：“至于我的儿子将来怎样待我，那是他自己的事。我决不期望他报答我的恩，因为我已宣言无恩于他。”我也不赞成把孝顺父母列为一种“信条”或道德标准，人要以平和的心态对待衰老，正确地对待自己、对待家人、对待生活、对待年龄给身体带来的一切变化。

前两天，我接诊了一位87岁的老人。老人虽然身体有些问题，但整体还算健康，听力没问题，大脑清楚，吃饭也比较规律。我查房时，老人跟我说："我不想活了。"我赶忙问："为什么？"她说："人活着需要操心的事太多。"在说话间我发现，她对她的4个子女，包括孙辈，都不满意。可我接触过她的女儿，感觉她女儿是一个很通情达理的人。

是子女的问题，还是老人的问题？中国有句老话："久病床前无孝子"。更何况，许多子女面临比以前大得多的压力，包括照顾自己小家庭的压力、工作的压力，甚至，自身还要面对疾病的压力。有时不是"不孝"，而是没有时间或者力不从心，客观上，对照顾父母做不到"全身心地投入"。我们能依靠的，只有自己。

衰老的人，不会像年轻人那样异想天开了。老年人做事往往实际、靠谱。人生的磨炼，让他们知道什么是量力而行；他们懂得不要透支身体，要适度锻炼；天下没有不散的筵席，对于人生聚散不再执着；他们明白不能贪食、贪杯。

生命老化的过程，就是身体器官走向衰竭的过程，重视衰老比忽视衰老要重要得多。步入老年期后，身体这台机器，在这个世界上已经不间断运转几十年了，是时候到修理厂检查和加油了。检查自己日常的基本生活能力，包括如厕、进食、穿衣、洗浴、下床、离开座椅、行走等是否正常，以及其他独立生活能力，包括自行购物、做饭、清理房间、洗衣服、服药、打电话、旅行、处理财务等，是否自如。以上这些，都是让我们“赶紧停下来”的操作指南，如果有问题，就提示我们要到医院看一看、查一查、治一治。

医疗不能解决衰老问题，但可以阻止一些疾病的发生和发展，使我们拥有更高的生命质量，所以，衰老后，不要讳疾忌医。衰老不是失去自我的代名词。老年人同样需要有自己的私人空间，需要有不被打扰的爱好，需要有知己，需要有自己的想法，需要有表达感情的渠道，需要有自己的饮食习惯，需要有自己看待世界的方式。

衰老之前，我们不断通过观察和体验世界获得对世界和人生的了解，进而充实自己，获得满足。衰老后，我们将经验、知识和反思加以结合，会对事物有更全面而深刻的了解，我们的心胸会更加宽广，我们所积累的知识会帮助我们不断发现旧事物的新用途。

衰老不是消极的，相反，它让我们更深刻地体会到，过去和未来没有那么重要，只有当下才是真切和重要的。衰老并不意味着体弱多病、精神萎靡，老年人也可以老当益壮、精神矍铄。衰老是人生的必经之路，客观地面对，平静地接受，我们将会在有限的时间，活出不一样的风采。

5

我渴望的老年生活

虽然，作为一名急诊医生，我每天都要抢救急危重症患者，但很多时候，还要处理一些滞留在急诊科，合并多种慢性病的非急症的老年患者。这类患者，最初因慢性病发作被送到急诊科，经治疗后病情已稳定，本可以回家休养，但患者家属常常因为患者的症状没有完全消失，或者患者回家后没人照顾，或者担心患者病情反复，迟迟不接患者回家。

有些老年患者，表达能力正常，病情稍微好转后，就会表示强烈的回家愿望，若家属不答应，他们就会发脾气，有的甚至因发脾气而病情加重。有些老年患者失去了表达能力，就只能接受被家属留在医院的现实了。

从我接触过的老年慢性病患者来看，不管神志清楚，还是有些糊涂，只要病情稳定一些了，大多数是愿意回家的。

因为家对他们很重要，在家里，有他们曾经用过的物品，能尝到熟悉口味的饭菜，能见到亲人。只有到家了，他们才感觉到踏实，才不再把自己当成一名患者。

许多患者家属似乎认识不到这一点。他们认为把老年患者留在医院，自己心里就踏实了，因为医院里有医生、护士，万一遇到突发情况，医生、护士就会立刻处理，而忽视了老年患者想家却不能回家的心理感受。这种不愉快的心理感受，有时会成为许多疾病的诱发因素。

此外，许多人对疾病的理解也存在误区。他们认为不管得了什么病、得了多重的病，只要在医院治疗，出院后就不会留下任何症状或者不适。实际上，许多慢性病无法被彻底治愈，而且，它还会被各种诱因激发，从而反复出现。

老年人不得病基本上是不可能的，所以就要在得病之前注意身体，老年人的家属也要经常关注老年人的起居，关心他们的心理状况。老年人要居安思危，每年进行查体，向医生咨询科普知识，这都是帮助老年患者减少疾病发生的可靠手段。

今天，一位朋友因打算筹建一座有医疗保障的养老院，邀请我去参观。对于他的想法，我给予了高度的赞赏。在急诊科这么多年，那么多老年患者病后不能回家，给我带来了太多的感触。

我国已步入老年社会，子女没有时间陪伴老人的情况日益凸显，如何给老人们创造一个健康的生活环境，使他们的生活质量不因缺少子女的照顾而有所下降，也不因缺少医疗条件而使“小病”无法被发现、“大病”得不到治疗是一个不容忽视的问题。

在我看来，老了以后，在这种具有医疗保障的养老院生活，不失为一个好的选择。现在，许多60~70岁的人脑子不糊涂，耳朵不聋，腿脚也灵活，他们不应该把自己封闭在家里。他们需要与人交流，也需要知道这个世界发生的事情。这样可以减少阿尔茨海默病的发生，避免心理疾病的出现，而养老院可以帮助老人们搭建和同龄人交流的平台。

朋友筹建的这所有医疗保障的养老院，地处郊区，交通方便，三面环山，植被覆盖率很高，犹如天然氧吧。几乎一年四季能吃到自己种的时令蔬菜。院门前，也为喜欢田园劳作的老人们提供了可以种瓜果蔬菜的菜园。人工小溪、山间小路为崇尚运动的老人提供了散步的好去处。贴近自然，回归自然，与自然融为一体，真的是健康的养老场所。

从喧闹的都市回到大自然，心就会自然而然安静下来，许多烦恼也会烟消云散。当老年人看到自己种出的果实，重新找到自己存在的价值，他们一定会惊喜地想：我还没有被社会抛弃。

我始终认为，不管年轻人还是老年人，特别是老年人，要想快乐、健康，就要保持心情愉悦。老年人可以通过很多方式获得愉悦。例如：与同龄人坐在一起，伴着淡淡的茶香回忆往昔；在阳光下，闻着泥土散出来的芬芳，静静地读一本自己喜欢的人物传记或小说；老两口一起动手种瓜果蔬菜，谈谈各自对接触大自然的感受。

老年人要有适合自己的运动方式。例如：打理自己门外的菜地，挥挥铲、培培土、浇浇水；在天气晴朗的时候，牵着老伴的手，漫步在山间的林荫小道上，吸一吸大自然提供给人类的负氧离子。此外，老年人要经常吃一些天然的健康食品，同时不要忘了水是生命中不可缺少的原料。老年人也要关注自己的睡眠，因为良好的睡眠是使精神愉悦、身体充满活力的重要保障。而这些保证老年人健康的生活方式和场所，在城里嘈杂、喧闹、狭窄的空间很难享受得到。

老年人随着年龄的增长，身体的抗病能力逐渐下降，疾病就会降临。良好的医疗保障措施对老年人很重要，而在这所养老院，不是“有病找医生”，而是在疾病还没有发生时，医生就会亲自告知如何避免疾病出现，做到防患于未然。

这所养老院通过先进的医疗媒体平台，为每位养老院的老人建立电子医疗档案，老人以往患过什么病、目前吃什么药，医生都了解。医生与老人之间可以通过手机或其他便捷的电子设备随时联系，了解老人们的生活起居是否正常、是否按时服药。医生可以定期去养老院拜访老人，帮助老人调整药物，为老人检查血压、血糖，做心电图。养老院在公共场地定期举办健康科普宣教活动，并且每年根据老人需要，安排老人到健康机构查体。

子女不能随时陪伴父母，这是现实，以前“养儿防老”的理念已经很难适应现在的社会。但当人老了，身体机能会下降，可能做一些以前力所能及的事情都有困难，此时就要寻求其他的解决办法。

生活质量随着年龄的增长而出现不成比例的下降，因为子女不在身边而被别人怠慢，因为身边的人照顾不周而发生疾病，因为子女不能常回家探望而感到孤单……有医疗保障的专业养老院可以帮助老年人解决这些后顾之忧，为老年人的养老提供了更好的选择。

医院里许多老年患者的状况引起我这个即将变老的人的深思。

人都是有尊严的，哪怕是已失去了生活自理能力、神志时而清醒时而糊涂的老年人，都不愿意没有尊严地活着。而现在，看到越来越多医院的急诊科，除了肩负急危重症抢救中心的任务外，还成为了临终关怀中心和老年慢性病康复中心，许多用于急救的医疗资源被无奈占据了。建设有医疗保障的专业养老院或许是让这些老年人活得有尊严，同时减少急诊科医疗资源浪费的好办法。

引用林语堂的话做结尾：“事实上没有一个人能够阻止老年的来临，他只能欺骗自己，硬不承认自己已渐渐衰老。反抗既然是没有用处的，一个人还是爽爽快快地让老年来临吧。人生的交响乐应该以一个和平宁静、物质舒适和精神满足的终曲为结束，不应该以破锣破鼓的砰礴声为结束。”

6

老当益壮，还是量力而行

“老当益壮”形容一个人即使上了年纪仍斗志旺盛，干劲十足，不输年轻人。能用这个词形容的一定是有正能量的老人。生活中，最让人泄气的词大概就是“未老先衰”了。它形容一个人年纪不大，身体和精神就都很差。能用这个词形容的一定是身体羸弱的非健康者。

我今年57岁，是接近老年期的人，因为信奉老当益壮，本来到了该注意活动量的年龄，却跑起了马拉松。我每次跑10 000米，月跑量在20万米左右，配速也不输很多年轻人。当然，我常因自己的运动量感到骄傲。

但我周围的不少朋友，包括家人都提醒我适可而止，别因运动量过大而生病，毕竟我的身体已不再年轻。可是，我对“老当益壮”的认同一下子很难改变。一是人容易先入为主，认“死理”；二是人都有侥幸心理，很少想“万一”发生的事。

最近，我院的急诊科和创伤骨科在做老年髋部骨折患者的绿色通道。因为老年人容易骨折，而且，老年人一旦髋部骨折，如果不能接受手术、只能卧床，那么会发生的并发症非常多，像肺炎、褥疮、下肢血栓、心脏功能下降等，心情往往也容易郁闷，这使得在骨折一年内患者的死亡率很高。

原本一位很健康的老年人，可能因为突然发生的髋部骨折，身体即刻毁于一旦，而我院每天都有6～7位老年患者，因为髋部骨折而住院、接受手术或等床位。

当然，为老年患者选择什么手术方式不是我的专业，我更感兴趣的是为什么有这么多老年人发生骨折。所以，每天查房时，我都会详细询问患者发生骨折的原因。不问不知道，一问才明白，大多数老年人骨折的发生与“老当益壮”这个词有关。

通过询问病史，我了解到，这类老年患者都有一股“人老心不老”的豪气，具体表现在以下几个方面。一是不管年龄多大，凡事都愿意自己动手，都亲力亲为，有些老年人，就是因在商场滑倒或做饭时绊倒而骨折的。二是已经知道自己腿脚不灵活了，但由于好面子，怕被别人说“老”了，不愿意拄拐杖，也不愿意被家属搀扶，最后力不从心摔倒了。三是盲目做了大大超出自己年龄范围的事，比如登高爬梯、与孙子较量羽毛球水平、骑着电动车满城游玩等。四是出现一些不适症状后，不马上休息而是继续做事，结果一失足就摔倒了。从这个方面看，比起“老当益壮”，“心有余而力不足”更像老年人的常态。

以前，我评判人是否老了，是看他的身体活动量是否下降了，如果活动量少了就说明人老了。现在，衡量老年人的健康时，我更多的是看精神，有“精气神”就说明身体健康。那些有“精气神”的老年人一般大脑都是比较活跃的，因此想法就多，这些想法集中到一点就是“我还不老”。今天要踩着板凳换灯泡，明天要爬梯子去天台浇花，总之，不能让自己闲下来。当然，老年人多动脑对身体没有任何坏处，但如果总认为自己还年轻，那可能就离身体出事不远了。

这段时间，我接触了很多骨折的老年患者，他们很少受外在因素（如交通事故等）影响导致跌倒，大多是自己造成的。所以，我不得不思考：人老了，是应该继续“老当益壮”，还是量力而行呢?

身体的器官都存在一定的寿命，只是具体到每个人、每个器官，寿命的长短是不一样的。我虽然是医生，但也不能责怪老年患者的争强好胜之心，更不能武断地打消老年人存在的侥幸心理，因为，这些都是作为人的本性而存在的。何况，老当益壮、生活快乐、身体安康的老年人也不在少数。

人老了，本身就有失落感，有时还夹杂着空虚和孤独。怕给子女添麻烦、怕被社会抛弃的想法时不时会突然冒出来，左右老年人的思维和决断。“老当益壮”对老年人来讲，无疑是一个积极向上的人生态度。

对于已经走过了人生大半辈子、品尝了世间酸甜苦辣的老年人，很多年轻时的追求如同镜花水月，只祈求余下的人生能健康、快乐。

显然，大多数老年人明白这个道理，他们不愿意被束缚、不愿意被看作无用的人。“有一分光就发一分热”是老年人的普遍心理，只有这样，他们才会获得内心的满足，得到足够的快乐。老年人往往留心更多的是精神而不是物质，他们特别需要他人的理解和关注。

“量力而行”这个词，既说不上好，也说不上坏。它听起来不如“老当益壮”让人心动，使人有奋发图强的感觉，但它包含了“自己做事，自己承担”的意思，也包括了“嘱托”的含义。

所以，老年人做事时不要冒进，不要对健康下赌注，“量力而行”也不失为一个良策。毕竟，得病肯定不是好事，特别是老年人骨折，既痛苦又心烦。人老了后，身体就像瓷娃娃一样脆弱，身体“部件”没有年轻时结实了，处处小心才是明智的。

人老以后，器官“部件”一点儿问题都没有是很难做到的。所以，老年人有躯体病，也不必大惊小怪。但是，老年人的精神世界一定要是充实的、健康的、乐观的，否则，精神垮了，老年人“老旧”的躯体就很难扛得住。从这一点上讲，老年人的生活态度应该是积极向上的，应该是“老当益壮”。

我现在挑战跑步的极限，也是更多在感受来自精神世界的愉悦。当然，做事也不能全由着性子来。凡事都有一个度，超过了这个度，事情就会向着相反的方向发展。所以，我们要审时度势，即使是精神享受也要适可而止。如果此时此刻，身体突然感受到了异样，就有可能是躯体病正在袭来，此时就要量力而行，及时刹车，这一定程度能规避患病的风险。

“老当益壮”好，还是“量力而行”好？我看是各有各的好。老年人在追求自己的精神快乐，享受自己的幸福生活之时，也不要忘记已经进入了容易被疾病侵袭的年龄段。

7

谁来担负老年人的晚年生活

2016年12月3日，照顾我父母4年的陈阿姨跟我说，她要回老家了。陈阿姨60岁，南方人，是一个朴实、善良、能干、不怕吃苦、有包容心的人。

我母亲年纪大了，接受过两次手术，虽然白天能看书、写字，做一些力所能及的活动，但起夜较多。这对一般陪护人员来说，是一个很大的挑战，毕竟，因为夜间总醒，睡眠的质量就得不到保证。可4年来，陈阿姨从来没有因为这件事抱怨过，在她看来，这只是老人日常护理工作的一部分。

白天，陈阿姨依然有精力做家务。最初，陈阿姨不会做北方菜，可这两年，陈阿姨学会了做各式各样的北方面食和菜品。我常与陈阿姨开玩笑说，陈阿姨回老家后可以开一家北方菜餐厅了。

陈阿姨几年来对我父母的悉心照料，解决了我的后顾之忧，让我能够安安心心地学习、按部就班地工作，当然，还能留出时间锻炼身体。

这些日子，我一直通过各种渠道寻找一个能替代陈阿姨的人，不找不知道，一找才发现，在拥有2000多万人口的北京，想寻到一位称心如意的保姆，真不是一件容易的事。

我托朋友和家政公司先后找了两名保姆试工，结果每人都只待了一晚上就辞工了。之前，我听一位住院患者的家属说过，她在一个月的时间里为老父亲换了10名保姆。当时，我觉得有点儿耸人听闻，问她为什么。她说："每名保姆来之前都承诺会干活，可是试用后才发现，刚入行的保姆活都不会干，而且文化水平低，有的甚至不识字。毕竟，照顾老年人光有力气还不够，测体温、记尿量也是必需的。有经验的保姆虽会干活，可没干两天就抱怨太累。"我又好奇地问："是不是工资给得少呀？"她说："比你们医院的护士挣得多。"我一下子语塞了。

以前有句话："重赏之下，必有勇夫。"现在时代不同了，这句话也失灵了，人们的就业观念发生了很大变化。

记得十几年前医院的护工，一天只有几十元的工资，而且需求量还不是很大，大部分患者都由家属陪护，许多护工不是每天都有活干。现在医院的护工，每天能挣到几百元，而且，有足够的照顾对象可以选择，但凡工作量大的活，都不愿意接。特别是春节时，大部分保姆和护工要回家过年，如果这个时候老人生病需要照料，家属就会特别无助。

这与我们国家过快地进入人口老龄化社会有关。我国人口老龄化加剧，而现在城市里，能有多余劳动力看护自家老人的家庭越来越少。居家养老困难重重，这就使许多家庭对保姆的需求大大增加。看护这个行业，已经由过去的买方市场变成了卖方市场。

我也是祸不单行。母亲的保姆问题还没有解决，父亲又突发重病住院了。难题又来了，我需要马上找一位男护工照顾父亲。

平静的生活一下子被彻底打乱：重病的父亲需要看护，手中的医疗工作不能放下，生活不能完全自理的母亲还没人照顾。一时间我成了热锅上的蚂蚁。虽然我知道，这个局面迟早会到来，但没想到来得这样猝不及防。我既没有心理准备，也没有帮手。

作为急诊医生，每天除了要参与抢救急危重症患者外，还要面对那些年老体衰、生活不能自理的终末期患者。说句心里话，目前的确没有好的医疗手段让后者走出疾病的困扰。

每天查房时，看到患者吃饭靠胃管，小便靠尿管，翻身坐起靠人扶，我也感觉很无奈。

人活着，不能只看寿命长短，更要看幸福指数。“好死不如赖活着”已经慢慢淡出了现代人的观念，追求生活质量和幸福感已经被越来越多的人所接受。

在年富力强的时候，我们很少被疾病困扰，但衰老，是不可抗拒的自然规律。经历了天真无邪的儿童期，风华正茂的青年期，年富力强的中年期后，必将会迎来老年期。当人走不动的时候，疾病缠身的时候，周围没有人陪伴的时候，想干什么干不了的时候，就意味着人衰老了。

衰老的人，还有幸福可言吗？假如，你是一个健康的年轻人，你可以拒绝回答这个问题，因为，衰老在你脑子中还没有形成一个真实的概念。如果你是一位步入老年行列的人，那么你必须面对这个问题。

我之所以要写这个主题的文章，是因为我看到，我父母虽然老了、病了，但他们还没有放弃对幸福的渴望；也是因为，我每天在急诊科见到的那些衰老的患者，只要他们的大脑还是清醒的，就希望幸福留在他们的身边；更是因为，懂得居安思危的人往往比只会临时抱佛脚的人更幸福。

人都会有老去的一天，今天快乐，并不意味着明天一定快乐；年轻时幸福，不意味着年老时一定也幸福。

当人衰老了，身体不能活动自如了，疾病就慢慢找上门了，但这并不意味着思考停止了，对幸福的感受减少了。恰恰相反，当人衰老了，往往更渴望家庭的和谐、子女的体贴、儿孙的孝顺、社会的关注；更在意外人的评价；更在意自己会不会成为别人眼里的负担。

做好各方面的预期，才能真正体会怎么才是“善终”。死亡是不可避免的，如果能预期不留遗憾地离去，多多少少会减轻人们对死亡的恐惧。

孝顺的子女往往是老年人晚年疾病得到周全的护理和享受幸福生活的保障，但这往往需要子女付出巨大的代价。我曾遇到一位患者家属，为了伺候患病的父亲，辞去了在一家知名饭店做厨师的工作。但这样一来自己的经济来源断了，医保也没有了，生活上就产生了很大困难。

子女多在照顾老年患者上具有先天的优势，毕竟“人多力量大”，但时间久了，也存在困难。我在急诊科遇到过三姐妹，均已过60岁，她们轮流照顾住院1年的父亲。由于长期不能很好地休息，加上精神紧张，老大患上了高血压，老二被查出了肠道多发息肉，老三患上了神经衰弱。如果碰上我这种工作不能丢，兄弟姐妹又不多的情况，那更是雪上加霜。

护理老年人是一门学问，从吃喝、疾病的看护到心理的宽慰，不是一个“孝”字就能解决的，也不是靠子女多就能做好的。所有人都知道，病患护理需要专业的医护团队介入，可是，知道养老同样也需要专业看护团队帮助的人，就没有那么多了。

中国人的习惯是，为老年人养老送终都是子女的义务，正如一句老话——“养儿防老”，但是，具体到老人每天活得是否健康、快乐，那就不一定在子女关注的范围内了。常见的情况是，一天三顿饭有人做，老人吃得是否营养，子女不知道；老人一天到晚看电视，老人看明白多少，子女不知道；老人按时吃药，有没有效果，子女不知道；子女知道提醒老人多喝水，老人喝多、喝少，子女不知道；子女知道老人要活动，但合适老人的活动方式，子女不知道。

我个人的观点是，“孝”只是一种美德，而不是一门科学，它只是表明一种做人的态度。孝顺的子女，不是都能为老年人做出有营养的美食；孝顺的子女，也不是都能一直守在老年人的身旁。究其原因：一是子女都有自己的工作，许多时候分身乏术，没办法守在父母身边；二是术业有专攻，照顾老年人涉及方方面面的知识和技能，子女往往心有余而力不足。

为了保证老年人健康时活得快乐，衰老了以后得到恰当照顾，除了子女的孝顺，社会上，还应该有经过规范的专业培训，有爱心、肯吃苦、擅长交流、会做家务并懂得医学常识的专业看护人员。很遗憾，现阶段要想找到这样的专业人员并不容易。

现在的保姆、护工大多没有经过系统的培训，文化水平不高，素养参差不齐，大多只是抱着挣钱的目的进入这一人文素养要求高、专业性强的行业。因此，能找到一位被老年人和老年人家人认可的看护人员，简直太幸运了。而最常见的情况是，双方互不认同，最后不欢而散。

“没有规矩不成方圆”，没有经过专业培训的人，就难以有专业的技能和素养。各行各业都有其准入标准，医生要经过医学院的培训，厨师要经过烹饪学校的训练，而看护老年人的职业也不应例外。

看护老年人，既需要有文化，也需要有素养；既需要有吃苦耐劳的精神，又需要有医学的常识和家政服务的技能，而不只是照顾老年人的吃、喝、拉、撒、睡。

在不久的将来，我也将步入老年人的行列，我这个还能跑步的准老年人，也会有步履蹒跚的那一天，也会有拿不动碗、使不了筷子的那一天。

谁是老年人的帮手呢？子女是可以考虑的，但子女一定不是唯一的选择。孝顺代替不了专业，而且无儿无女的人也应有幸福的晚年。我憧憬着会有这样一所学校，在这里，一批批学员经过2～3年的学习和实践后，能成为有一定职业素养、了解老年心理、懂得医学常识、胜任居家管理的专业型看护人员，为老年社会服务。

他们不是传统意义上的保姆，但会照料老年人的日常起居并完成家务；他们不是专业的护士，但具备必要的医学护理常识；他们有合理的工作时间，不是靠值夜班、拼体力、透支身体来挣钱。他们是专业人士，有与其他专业人士应有的责任、地位和荣誉。

“夕阳无限好，只是近黄昏。”人的一生，不管什么年龄段都会有希望，当然，也会存在失望，老年期也不例外。老而不衰、长寿善终是老年人的希望，但这并不是一件容易的事情。

许多时候，人会很失望。能否将失望变为希望，对老年人来说是一个很大的考验。

人老了不可怕，这是自然规律，只要正确地面对就行。可怕的是，人老了以后，没有人陪他一路走下去。

人老了，活得幸福与否，心态是关键，拥有好心态才会有好未来。当然，身体机能的完整和健康是最重要的保证。除此之外，有训练有素的看护人员作为帮手，保障老年人的心理和身体健康，老年人才能更好地安享晚年。

8

学医教会我的那些事

直到快退休的时候，我才想起问自己，这辈子学医是否后悔，如果给我重新选择职业的机会，我还会不会当医生。

今年高考刚过，好像许多考生家长并不看好子女报考医学院校，甚至有些从事医疗行业的家长也不鼓励自己的孩子报考。究其原因，我个人认为，可能是家长觉得学医培养成才需要的时间太久，过程太艰苦，而且日后的待遇与付出可能不成正比；也有人认为当前医疗环境不好，医务人员不被认可，甚至有时候生命安全都不能得到保证。

当初，我报考医学院校没有来自家庭的任何阻力。我的父母对医生这个职业不了解，但我舅舅、舅妈都是学医的，虽然他们忙忙碌碌一辈子，但他们觉得这是医生的天职，没有什么可抱怨的，他们也建议他们的女儿报考医学院。那个时候，我也不清楚医生这个职业适不适合我，今后会有怎样的发展。可能是我们家族对医学有一种无法割舍的情结，后来，我表弟也考进了医学院，成为了一名医生。

在医学院5年的学习，并没有让我对医生这个角色有太深刻的认识。学医为什么要走那么漫长的路，时间都去哪儿了？从业这么多年，我终于理解了这种学制的安排。看病不是一件容易的事，既要学习书本知识，也要有临床经验的积累。所以，医生要想学会治疗许多疾病，就要掌握许多经验和技巧，这绝不是一朝一夕能办到的。随着医学科技的发展，医生还要花许多时间掌握行业新动态，学习使用新的医疗设备。

医生为什么那么辛苦，时间都花在哪儿了？医生每天要接诊患者、抢救患者；当天有大量的文案工作要完成；经常24小时值班，甚至要放弃节假日的休息；除了处理好日常工作任务，还要挤出时间完成科研工作、参加学术交流等。要问临床医生苦不苦、护士累不累，只有他们本人给出的回答才是最客观、真实的。当然，令我们欣慰的是，大多数行外人也认同这个行业的苦和累。

我从事临床医学工作30多年，期间，有精疲力竭的时候，也遇到过无奈和困惑，但却始终一刻也没有要放弃医生这个职业的想法。

医生这个职业给我带来了许多意想不到的启示和感受。医生是与人打交道的职业，而人是有情感、有思想的动物，所以，医生在与患者打交道的过程中，往往能了解患者的故事，获得很多感悟，有时也会收到患者的感谢。医生如果只注重技术，而不关注思想的交流，可能会精疲力竭，最后，无可奈何地离开岗位，或者不让自己的下一代再从事这个职业。

我认为，患者是最具有献身精神的人。每一次治疗、每一次手术，甚至每一次用药，患者都给了医生最大的信任。可是，医学从来都不是拥有100%成功概率的，任何治疗和操作都会存在风险。但是治疗和操作的失败对患者往往意味着痛苦的持续甚至生命的终结。而治疗和操作不管失败或成功，对医生而言都是走向成熟不可或缺的经历，但患者却只能被动接受，承担结果。

所以，这些年来，我对每一位患者都充满了敬畏之心，每一次治疗，都会激发我对患者的感激之情。正是有患者们的帮助，我才能走到今天。敬畏和感激这两个词和生命连在一起的时候，它们的意义更重。

看病，绝不仅仅是医生与患者之间躯体和语言的互动，而是患者带着信任、医生带着仁爱之心共同谱写的一支生命交响曲。医生的快乐也不是都来自治好病。在看病过程中从患者身上看到的闪光点，体会到的感动对我而言也很有意义。

死亡不可怕，可怕的是等待死亡。因为人的生命只有一次，即使现状没有太好，人还是会对生命充满希望。当医生不可避免地要与死亡打交道。急诊医生经常会遇到晚期肿瘤的患者来看病，这些患者中有男有女，有年纪大的也有年纪轻的，有白领也有蓝领。我是医生，但我也是普通人，对待死亡时与常人一样，都有一种情绪——害怕。

可是，每次查房见到这些晚期肿瘤的患者时，我往往会发现，不管是年轻患者还是年长患者，只要身体还允许，他们表现得都很平和从容，从不忌讳别人与他们谈肿瘤，也不害怕大家与他们聊死亡。

这些患者，颠覆了我之前的想法。以往我的认识是，不管是家人还是医生，都不愿意告诉患者得了肿瘤，怕他们接受不了，反而会加快病情的发展，因为，心理状态与疾病的恶化密切相关。但是，这些患者告诉我，死亡虽然是谁都不愿意接受的事情，可是既然事到临头，就要坦然面对。

与他们对话，我总能汲取到一股强大的力量。与他们对视，我总能感受到生命中潜在的巨大能量。每次见到这类患者，我的内心都会产生莫名的感动，并对他们产生了深深的敬意。

如果不做医生，我可能不会因这些生命终末期的患者而感动和震撼；如果不做医生，我可能不知道“视死如归”这个词对普通人而言的真实意义。当然，与这些患者接触，也多多少少地改变了我对死亡的恐惧——等待死亡并不快乐，但接受事实、不卑不亢地去面对才是明智的选择。

我认为，人世间最大的苦，莫过于疾病的苦。医生每天都会见到形形色色的患者，他们承受着各种各样的痛苦。这些痛苦包括疾病本身的苦，治疗带来的苦，久治不愈、心理创伤带来的苦，巨额花销带来的苦，拖累家人带来的苦等。

医学成就了医生这个职业的伟大，因为人在因生病而痛苦的时候，第一个想起的人往往就是医生。

职业不允许医生内心冷漠，职业要求医生拥有高度的同情心，无时无刻不倾注自己的情感。学医让我不再冷漠，让我想对每一个遇到痛苦的人伸出援手。学医丰富了我的情感世界，让我懂得人世间的和谐是靠情感这一纽带来维系的。

医学不仅教我为患者看病的技术，更使我有机会深入了解他人的内心世界，了解人们在生病时的态度、想法和情感。我的心灵在与患者一次一次的接触中，不断被浸润，不断被感染，对世间痛苦的理解，对死亡应具备的态度，也在被一步一步地改变。

成为医生之前，从没想到患者会成为我人生中的老师，不管是在医术上，还是在精神上。在30多年的行医路上，我不仅把医学作为维持生计的职业，更是作为在专业上、精神上升华的推动剂。我越发觉得，医学使自己的思想变得越来越成熟，思考变得越来越严谨，知识储备变得越来越丰富，求知欲变得越来越强烈，情感变得越来越炙热。

人世间的两大苦——得病的苦、死亡的苦，我都在学医生涯中有了接触，有了了解，有了感受，也使得我对今后的人生，有了不一样的理解。医学成就了现在的我，在外人眼里我是好或者是不好，在我看来不重要。因为作为医生，我自己的内心是充实的、平静的、快乐的，就足够了。

所以，在回答这辈子学医后不后悔这一问题时，我会毫不犹豫地回答：不后悔！即使给我机会重新选择职业，我仍然会把医生作为首选。

四 如何看待死亡

1

不能忘却的时间

从2017年3月28日晚6点开始，监护屏幕上父亲的心率正由每分100多次慢慢地下降。如果我是一位工作才3年的医生，我可能会感到高兴，因为心率的数值正在接近“正常”。可是，经验告诉我，这是非正常状态。

我已经是一名还有3年就要退休的医生了，知道什么是真正正常的心率，什么是表面正常但实际“危机四伏”的心率。人难免都会有侥幸心理，但我选择面对现实。

父亲的心率下降速度越来越快，晚7点15分的时候，监护屏幕上显示心率为0，霎那间，血压波形没了，血氧数值也变为0，我赶紧看父亲，他连微弱的呼吸都没有了。

2016年5月，父亲在单位举行的常规查体中，发现血液中癌胚抗原（CEA）值高于正常值。它是肿瘤标记物的一个指标，作为医生，我对这个指标的异常很警惕。因为在印象中，很多患者就是因为这一指标增高，最后经检查确诊患癌的。

我不敢怠慢，赶紧带父亲在医院复查了一遍，结果CEA值还是高出了正常值的6倍。父亲因为没有症状，生活还是和以往一样。

但这件事给我留下了很大的阴影，我满脑子都在分析CEA值增高的各种可能性。我每天询问父亲肠胃是否舒服、吃饭好不好，又让他加查了几次大便潜血，最后还是没有找到任何线索。

无奈，我只好在6月15日让父亲接受PET–CT检查，结果在肝脏上发现了蛛丝马迹。我连夜联系肿瘤医院的专家，专家建议进行肝脏核磁检查。

我听从了专家的建议，让父亲第一时间在医院接受了肝脏核磁扫描。影像科主任当天告诉我，经检查没有发现问题。这时，我才把悬着半个多月的心放了下来。

7月27日上午，我正在上班，父亲突然打电话说肚子疼得难以忍受，我一下子又联想起了可怕的CEA值。于是，我立刻打车回家。我到家后，父亲腹痛的症状已经消失了，说话也恢复了之前的底气，我摸了摸他的肚子也没有发现异样，看来是有惊无险。

到了10月，我又让父亲去医院复查了肿瘤标记物，这次CEA值比以前还高，另外两项指标也高了。于是，我拿着父亲之前的各种检查结果和化验报告到肿瘤医院去咨询了一位胃肠肿瘤专家，他告诉我，我父亲肯定有问题，但目前该做的检查已经都做了，只能观察随诊了。

度过了5个月的无症状期，11月，我父亲出现了一个奇怪的症状——夜间总觉得肚子空，不能入睡，必须起来吃一点儿东西。后来，父亲在夜间吃完东西后也不能入睡，慢慢精神状况就差了。我担心父亲出现了心理问题，于是请北京安定医院的专家到家里为父亲看了一下，专家判断，父亲的睡眠问题应该是躯体疾病导致的。

12月7日，平素很少主动让我回家的父亲给我打电话，告诉我他的身体不舒服，让我赶紧来一趟。回到家后，我发现父亲就像换了一个人似的，没有了7月和老同事侃侃而谈的激情，也没有了10月采摘苹果时的精气神。

我和爱人把父亲送到离家最近的清华长庚医院，父亲已经没什么力气了，一路上，只能坐轮椅去做检查。我建议医生为父亲做腹部超声检查，心想，只要父亲的肝没问题，病情就不严重。

可是，医生将探头放在父亲的肝脏位置时，我害怕了：几个类似牛眼的影像学特征，表明癌细胞转移到了肝脏。我半年来的担心被证实了。

12月8日，父亲正式住进了病房。离开家的时候，父亲大概不会想到他再也回不到这个家了，但母亲似乎有预感，她紧紧拉着父亲的手不愿意松开。我依稀还记得母亲说："不会再回来了。"

作为医生的我，也感觉父亲的情况不是很好，因为病情的变化太出人意料了。父亲有13年的前列腺癌的病史，可之前一直与这个病"和平相处"。当前病情的发展出乎我的预料。我想搞清楚，到底是哪里出现了问题，随后，又让父亲做了PET-CT的检查。

不做不知道，一做吓一跳，PET-CT检查结果显示肝转移、肺转移、骨转移、腹腔淋巴结转移。看了结果，我只能仰天长叹，心想如果出现奇迹，那也与医疗无关。

父亲从12月8日住院，到来年3月28日最终离开，一共111天。在这111天，他经历了此生从没有感受过的痛苦。

有时候，疾病就像一个不速之客，会不请自来。父亲平时既不吸烟，也不酗酒，但最终还是被肿瘤所击倒。疾病就是痛苦的代名词，肿瘤晚期就是死亡的前奏曲。这111天的每一天对于父亲来讲，都是不堪回首的，疼痛、恶心、憋气、乏力、厌食、失眠，不停地侵扰着父亲的身心。

入院初期，父亲足够坚强，带着宽容、带着信心面对当下，与疾病抗争。

疾病在一天天地蚕食着父亲的身体，而我就像一个大脑被掏空的人，坐在父亲的病床边不知如何是好。3月，父亲第一次和我谈起不想这么活下去了，因为太痛苦了。

父亲不是一个娇气的人，平素也很少因为身体的不适跟我抱怨。所以，我相信父亲跟我说的痛苦是真实的，是他难以忍受的，他陷入了生不如死的境地。医生往往都会跟肿瘤终末期患者的家属说："只要患者'不受罪'，就是最好的治疗。"当然，这句话我也反复跟患者家属说过，可此时在父亲面前，我真的不知道怎么能让父亲"不受罪"。

后来，父亲反复表达了对这种痛苦的无奈，我也知道这些日子正消磨着父亲一生以来对幸福的感受。我相信，他不愿意在人生的最后时刻忘记人生的亲情、友情和幸福是多么美好，更不愿意在脑海中仅留存一个词——痛苦。

2017年3月28日凌晨4点，父亲的血压、心率和呼吸出现了不乐观的变化，但还没有完全失去神志，这一刻我决定给父亲镇静治疗。其实，这些天来，我一直在寻找合适的时间节点让父亲减少痛苦，又不留遗憾。

2017年4月1日，我和家人、朋友送了父亲最后一程。

此时，我的心里是平静的，没有了撕心裂肺的伤心、没有了对病情的担心、没有了因束手无策产生的焦躁、没有了对医学短板的无奈，因为父亲没有了痛苦。

人固有一死，不仅是患者，也包括医生和患者家属。被迫忍受病痛的折磨，又看不到任何希望，这对临终者是多么的残忍和不公平——生不由自己做主，那死能让自己做一回主吗？

2

对“生不如死”的思考

世间什么事情最痛苦？我想会有无数种答案，例如，贫穷，爱而不得，不被理解，蒙冤受难……这些事情对每个个体来说都是痛苦的。但心理健康的人，往往不会因为这些痛苦想到死亡。我想，世间最痛苦的事情莫过于生病，不管是躯体疾病还是心理疾病。

高质量地活着的前提，就是心理和身体的无痛苦感，一旦痛苦连连，生命质量一定会大打折扣。医生每天都要和痛苦的患者打交道，有时自己也会成为痛苦的患者。因此，医生对痛苦这个词的理解，可能比其他群体要深刻得多。医生除了诊病、治病以外，还要时时刻刻思考如何解除被疾病折磨的患者的痛苦。

我们大多被感冒时的头疼、胃炎发作时的胃疼困扰过。犯病时，我们往往会情绪急躁，兴趣全无，只求痛苦早日离去。一般来说，即使不治疗感冒和胃炎，由感冒引发的头疼和由胃炎引发的胃疼症状也可以消失，因为身体有自愈功能。但是生病的这几天，我们通常也会度日如年。

而晚期癌症的患者、慢性病缠身的患者、有重度心理疾病的患者，躯体的痛苦、心理的折磨对他们而言，每一天、每一刻都切实存在，而且看不到治愈的希望。

人都有承受痛苦的能力，但每个人的痛苦阈值各不相同。对痛苦阈值低的人，人们会说他娇气；对痛苦阈值高的人，人们会说他坚强。但这些评价都属于"站着说话不腰疼"，人们很难对他人的痛苦感同身受，痛苦不管程度轻重都是痛苦，是每个人都不愿意经历的。

查房时看到患者痛苦的表情，特别是采取了治疗办法仍然不能缓解患者的痛苦时，我感到很无能，也很无奈。

人都祈盼能健康地活着，然而，世事难料，所有的人都不可避免地要接受死亡这件事。在生和死这两个选项里，绝大多数人会毫无悬念地选择生。而当有一天患者对你说，他不想活了，他活着太痛苦了，那么作为医生，不应该反思吗？

据我观察，造成患者产生生不如死的感受的情况有以下几种。

第一种是疾病已到终末期，医疗手段已经用尽，当下没有任何一种办法可以减轻患者的痛苦；

第二种是由于医生自身医术所限，没有找到适合患者的治疗手段，进而延长了患者痛苦的经历；

第三种是疾病的折磨摧垮了患者的心理防线，使其出现悲观厌世的情绪；

第四种是由于家庭经济困难和缺少家庭的温暖，患者过早失去了治疗的信心；

第五种是某些精神疾病导致了患者对生命的不正确认识。

针对以上情况，我有以下思考。

对于第一种情况，医生应该与患者家属一起，寻求尽量减轻患者痛苦的姑息治疗手段，而不是不顾客观现实，做无用的干预。我的理解是对于这些患者的终极治疗应是让患者较早地无痛苦地解脱。

对于第二种情况，我认为最好的办法，就是医生能放下身段，让患者另请高明。另外，多学科联合会诊也不失为一个好的手段。

对于第三种和第四种情况，医生可以做的就是给患者足够的关爱。对于第五种情况，我认为非精神专科医生也具备判断患者精神状态是否正常的能力，如果发现有问题，可以早期让精神专科医生介入，让患者得到及时治疗。

医生要时刻关注患者可见的痛苦，聆听患者痛苦的感受，思考患者痛苦的来源。“生不如死”的痛苦肯定是有来源的，追根寻源、有的放矢，帮助患者解除痛苦是医生治疗疾病时首先要考虑的问题。

3

面对死亡的思考

世上离死亡最近的人是患者，虽然不是每个患者在得病后都会走向死亡，但是，死亡的人大多是被疾病所困的人。这样看来，医生应该是与死亡打交道最多的人。

患者是排斥死亡的，因为一旦死亡，人世间的喜怒哀乐再也体会不到，一切于他而言都不存在了。医生同样也排斥患者死亡，一旦患者死亡，医生可能认为这是对其能力的否定。然而生命在一呼一吸之间延续，也在一呼一吸之间流逝。

人无法对自己的出生做准备，但对死亡要有考虑，医学更不能对死亡无动于衷。

我们普遍缺乏死亡教育。记得小时候，我一旦“死”字说出口，长辈都马上会说：“这是不吉利的，赶紧啐口唾沫，说

‘呸呸’”。

由于对死亡的恐惧，不管是终末期疾病的患者，还是极度衰老的人，通常会拼命抵抗、苦苦挣扎。他们身边的人听到亲人行将死亡，往往也会悲痛欲绝，寝食难安。过了一个还算完整的人生的人，在即将走到终点时，却被闹得沸沸扬扬，这样死者走得不平静，生者活得也不愉快。

当了医生后，我更生动、深刻地理解了人不可能不死这个事实，即使医学再发达、医生的技术再精湛，死亡也终将降临。医生的能力体现在治病上，医生的短板在某种程度上反映在救命上。如果无法挽救，不如客观地、心平气和地看待死亡这件事。

死亡对人来说一直是难以接受的，勇于面对的人不多。古巴比伦的英雄吉尔伽美什遭遇了挚友印齐杜之死时，他感叹道：“你变得暗淡，不闻我的呼唤。当我死时，岂不也像印齐杜这般？我心伤悲，惧怕死亡。”英雄尚且如此，常人恐怕更难以逃离对死亡的恐惧了。

当然，健康的人对死亡的恐惧是抽象的、模糊的，是不带有心理压力的。而患者却真真切切地感受到了疾病的痛苦，体验到了死亡可能要来临。疾病带来了躯体的痛苦，死亡带来了心理的恐惧。

托尔斯泰在小说《伊凡·伊里奇之死》中，把主人公在癌症晚期所体验到的无穷的恐惧和思虑描写得淋漓尽致。难怪有人说，每一位医生，不管他在哪个科室，都应当专注地读完这篇小说。这篇小说是托尔斯泰晚年的作品，我想是否因为他嗅到了死亡的味道，才把患者死亡之前的心理体验描述得如此真实呢？

作为医生的我，虽然见证了无数的死亡，也写过死亡主题的随笔，但每当想到自己有一天也会死亡的时候，我仍然会心存恐惧。

如何理解死亡对一个暂时还没有面临死亡威胁的人而言，的确有难度。我为此看了许多著作，如《直视骄阳》《陪伴生命》《死亡的脸》《伊凡·伊里奇之死》《生活之路》《最好的告别》等，但仍感觉无法彻底理解死亡。

我们对死亡的所有感觉的基础，是一种与生俱来的生物学层面的恐惧。曾经有智者说过："所有的生物都希望自己能留存下来。人是带着欲望活在这个世上的，欲望是无止境的，所以人也希望无止境地活下去。"在现实中，我们可以选择考虑死亡。但是，不考虑死亡，不等于死亡不会找我们，一旦死亡的警钟突然敲响，我们就会措手不及。

一年夏天，北京遇到了持续的高温高湿天气，热射病病例大幅增加，可能患者早上还憧憬着美好的未来，中午在烈日炎炎之下就会被热射病击倒，走向死亡。

其实，比起明天，比起白天之后的黑夜，比起夏天之后的秋天，死亡是更确定会到来的。那么，为什么我们会为明天、为黑夜、为秋天都做好准备，却没有准备好死亡呢？

人的一生无一例外都以死作为终结，我们也应当为死亡做好准备。

心理学家欧文·亚隆说："我坚信我们应该直面死亡，就像正视其他恐惧一样。我希望去领会，且真正领会人类的处境——我们的有限性，我们短暂的生命之光——品味每个独一无二的当下，享受全然为是的喜悦，也由此培育我们对自身，乃至对全人类的悲悯之心。"

哲学家伊壁鸠鲁说过，当死亡来临时，也就没有了我。死后我将进入和出生前一样的状态里。

虽然现代医学有了更先进的检查手段，医学的治疗也进入到基因水平，再生医学的成果层出不穷，但医学的努力在治愈疾病方面的作用还是微乎其微的，治不了的疾病使医学终究都要回到对死亡束手无策的境地。

可是，许多医务工作者并没有理解葛文德在《最好的告别》中写的这段话："医学的存在是为了抗击死亡和疾病，这当然是医学最基本的任务。死亡是我们的敌人，但是这个敌人拥有优势力量，注定是最后的赢家。"现代医学的关注点很狭窄。医学从业者往往专注的是修复健康，而不是滋养心灵。

从医学生到临床医生，我们有多少专业学习是关于死亡教育的呢？在许多人眼里，包括医者和普通人，一谈到死亡就联想到医生无能，提到死亡教育就觉得多此一举。

现在，不少临床医生最害怕犯的错误就是做得太少，他们不理解，做得太多，对生命也可能具有毁灭性的影响。

医学在某种程度上是人学，它面对的不仅是疾病，还有人的情绪、感受。人在生命的最后一刻，惧怕的可能不是死亡，而是孤独，以及冰冷的仪器、雪白的天花板……

所以，医生除了治病之外，还要记得患者在生命接近终点时，希望分享记忆、聊一些人生感悟、确定周边的人能好好地活着等，同时，希望按照自己的主张结束自己的一生。

这些内容无论对于死者，还是对于活着的亲属、朋友，都很重要。如果医生忽略了这些，即使他的医术再高超，在我看来也是残忍的。

死亡是可怕的，但正是由于死亡的存在，人才会懂得珍惜时间，更加珍惜世界上的一切美好。接受了生命有终点这个事实后，人才会理解生命的价值。很难想象，在这个世界上不存在死亡将是怎样的景象，显然，那时人活着的真实意义就不存在了。

我近期看到过这样一段话：“为了让自己做一个好人，要经常提醒自己，你注定将很快死去。只有真切地想象到你正处在死亡的前夜，你肯定就不会狡诈，不会欺骗，不会撒谎，不会指责、谩骂、仇视他人，不会抢夺他人的东西。在死亡的前夜所能做的只不过是最简单的善事：帮助和安慰别人，对他们待之以爱。这些永远都是亟待要做而极为快乐的事。因此想到死永远是好事，特别是当你误入歧途的时候。”其实，患者死亡并不代表医生失败，死亡是正常的现象。死亡可能是我们的敌人，但是，死亡也符合自然规律。我认为，对死亡的准备也是人生不可回避的重要内容。

精神病学家库布乐·罗斯把死亡之前的状态分为五个阶段：否认、愤怒、讨价还价、抑郁、接受。否认就是不承认现实。这在临床中非常常见，如果患者被诊断出患有不治之症，患者及其家属的第一反应往往就是否认，为此，他们往往会找很多医生来核实诊断是否有误。

发现否认没用时，愤怒就会出现。愤怒之所以出现，是因为人的无力感。愤怒让临终患者暂时出现一种错觉，以为掌控生死的权力又回到了自己手上。得了不治之症的患者，心里恐惧、急躁，会因为一点小事就跟家人，甚至医生发脾气。

当意识到愤怒阻止不了死亡来临时，人们便开始进入讨价还价的心理阶段。当临终患者开始出现更多的症状，自己无法回避生病的事实时，抑郁的情绪就开始占主导。最后，人往往与现实和解，心理上接受即将死亡的这个事实。

蒙田曾经说过："如果想逐渐挣脱死亡对我们的最大宰割，就要采取与此截然不同的方式。"让我们揭开死亡的神秘面纱，了解它，分析它，研究它，思考它，进而抛开那些吓人的、不切实际的死亡幻想。

孔子叹曰："未知生，焉知死。"如果我们不知道死亡在哪儿等待着我们，就让我们时刻等待死亡，做好必要的思想准备。学会面对死亡的人，就学会了怎样不做奴隶。而现代医学少了死亡的教育，只有治病的技巧。

舍温·努兰医生在《死亡的脸》中写道："死亡的艺术，就是生的艺术。死亡的脸，处处是生命的表情。生与死是一对孪生兄弟，不可分开，既然生是快乐的，那让死也从容些吧。"

人不可以改变生命的长度，却可以选择生命的品质，唯有正视死亡，才可以成就有价值的人生。

4

生和死

马上就到清明节了。清明节或其前后，中国人的传统是给故去的人上坟，以寄托对他们的哀思。唐代诗人杜牧就写出了“清明时节雨纷纷，路上行人欲断魂”的名句。我也跟表哥约好，在清明节回老家，给从小带我们长大的姨妈上坟。虽然故去的亲人不知道我们现在为他们所做的一切，但为了表示对曾经给过我们爱的亲人的感激，为了抚慰因为失去亲人而受伤的自己，我们每年清明都会到亲人墓前深深鞠一躬。

死亡是大自然的规律。人一降生，就走在了通向死亡的路上。我前几天查房时，一位50多岁的晚期食管癌患者跟我说：“看样子我没有指望了，只能在这里等着了。”我说：“我和你一样，也在通往死亡的路上走。”一个人总是要死的，这是事实，至于怎么死、什么时候死，没人能预测。

作为一名急诊科医生，我每天都接触生死，有时也会被患者家属问，他们的亲人什么时候会离开人世。更多的时候，医生不愿意回答这个问题，因为虽然有时医生可以通过各项检查指标及自己的临床经验来估测患者的预后，但准确地回答患者什么时候死亡确实很困难。记得一位同行说，外院的一位医生跟患者家属说患者不行了，马上准备后事吧。可患者家属为患者穿好寿衣后，等待了很长时间，患者的生命迹象仍然存在，最后患者家属愤怒地找那位医生理论。由此看来，即使每天都和生死打交道的医生，也很难预测患者哪天死。

世间虽然有许多不如意，比如，居住的房子没有那么宽敞舒适，人生目标总是难以达到，但人还是希望活着，因为只有活着才有希望。我在急诊科经常遇到老年患者，经常听一些老年患者说："都这么大岁数了，还看什么病呀！活着也没意思，还给子女添麻烦，不如死了！"当我问陪同的子女，老人是不是这么想的，多数子女会说："您快给他看一看吧，他可怕死了。"

人在年轻或在身体健康的时候，对死可能并不敏感，但一旦知道死亡要来临，很少有人能不怕死。一位26岁的女孩，1年前刚从外地调到北京，最近查出了胃癌，而且还是晚期，癌细胞转移到肝脏，有黄疸症状，女孩经常恶心呕吐，每天疼得难以入睡。但我在查房时看到，她眼睛流露出的是刚毅。我跟她交谈的时候，她也没有抱怨。此时，我为她竖起了大拇指，我说："你比我棒多了，我真心地佩服你，我为你感动。"

当然，像这位女孩一样能坦然面对死亡的人不多。我经常遇到患者查出癌症，但患者家属不让医生告诉患者的情况，因为患者家属怕患者承受不住打击。可见，总体来讲，人大多是怕死的。

许多人不把失眠看成病，但失眠的人很痛苦，夜间的情绪往往是压抑的，这个时候，容易联想到负面的事情。而且，负面的情绪会被不断放大，甚至会放大到"死"，此时，就会越来越焦虑。我失眠时，也经常会想起自己年纪大了，身体健康状况越来越差，会不会得不治之症之类的事。

一名55岁的女患者因骨性关节炎，接受了膝关节置换术，白天术后一切顺利，但晚上入睡后就再也没有醒来。对其进行头颅CT扫描，发现是脑干出血。人生就是这样变化无常，如果没有强大的内心是不能适应这个世界的。另一名28岁的女性，产后4个月，家庭美满，但是患上了产后抑郁症，5天前从自家6楼跳了下来，被送到医院时，生命体征已经全消失了。随着她的生命结束，一个幸福家庭瞬间消失，婴儿来到这个世界上才4个月，还不会叫一声"妈妈"，就永远失去了母亲。这真是一场人间悲剧。人们往往得了躯体上的不治之症或到老年期，才预感即将走到生命的尽头。然而，心理疾病有时会害死那些外人认为还会活得更久的人。

死可以很容易，也可以很漫长。有些年事高的患者被多种慢性病缠身，甚至已不认识家人，他们长期卧床，生活质量不高，轻微的不适就可能导致生命垂危。每次被送到医院，医生都会下病情危重通知，但最后的结果往往是，老人又从死亡的虎口中逃脱，顽强地活了下来。

有一天，我看到一位98岁的女患者，因病留院观察。我估计老人活到这个年龄，一定有好的健康习惯，就问她的家属关于老人的长寿秘诀。她的家属告诉我，老人在年轻时就抽烟喝酒，来医院看病前还没有戒烟，平素也不活动。我一时语塞，本来还想将这位患者作为榜样，跟其他患者谈一谈健康习惯的重要性。所以看来，人的寿命是真的不好预测。

退一步来讲，医生只有练就一双“火眼金睛”，密切注视患者的一切可疑之处，以避免那些本来还距离死亡有一段路程的人过早地离开这个世界。

5

关于生命突然停止

人什么时候来到这个世界，没有人知道。人一旦到了这个世界，什么时候走，也很难预测。有些人看起来身体不错，但寿命并不长。而有些人看上去病怏怏的，可活得并不短。如果医学发展到可以准确预测人的寿命，那也是很可怕的，估计多数人就不会有心思学习、工作了，而是每天焦虑地倒数着死期的临近。

世上不畏惧死亡的人太少了，虽然现在“活在当下”的理念越来越多地被人们所接受，但是，对能活得长久的渴望，还是多数人所苦苦追求的。

人们不愿意死去，更不愿意过早地死去，即使活着意味着承受痛苦，增添烦恼，人们也希望看到每天的日出日落。

前两天，急诊科不到一天的时间就来了2位猝死的男患者，一位55岁，一位58岁。患者家属怎么都没有料想到，患者会在这么短的时间内死亡。近1年，在急诊科接诊的猝死患者中，从几个月到七八十岁都有，但更多的是中年人，他们平常看起来身体还算健康，也没有患特别严重的疾病，但是，由于突然起病，等被送到急诊科时，生命体征就全消失了。

医学把因潜在疾病突然发作或恶化，平时貌似健康的人发生的意外的、急骤性死亡的现象，称作猝死。猝死的常见原因有心脏问题、呼吸问题和大脑问题。其中心脏问题导致的猝死（心源性猝死）最多，从发病到死亡的时间最快。

前不久，在北京马拉松比赛中，一位年轻选手在跑步途中突然呼吸、心搏停止，急救员给予紧急心肺复苏，并将其送到医院，经检查发现是心脏的血管堵了。这是一例典型心源性原因引发的呼吸、心搏骤停，如果患者抢救不过来，医学上就称为心源性猝死。然而，对于婴幼儿猝死，呼吸道窒息的可能性比较大。我曾经碰到一个只有2个月大的婴儿，母亲喂完奶就把他仰放在床上出去干别的事了，等再回来的时候，发现孩子俯卧位趴在了床上，脸色青紫，呼吸也没了，孩子被送到医院时所有的生命体征都消失了。医生推测孩子的猝死与呼吸道的窒息有关。

脑血管的破裂，也可能导致猝死。一名17岁的女孩进卫生间的时候还戴着耳机听音乐。但过了一段时间，家人发现女孩还没有出来，就到卫生间查看，这时，家人发现女孩已经昏迷，呼吸也很微弱。被送到医院后还没有来得及接受各种检查，女孩的生命体征就消失了。女孩既往身体健康，家人也没有听说最近女孩身体不舒服。医生推测，女孩死因是脑血管畸形破裂出血。

很多时候，呼吸、心搏骤停患者的救治难度很大，一是不知道呼吸、心搏骤停是什么时候发生的；二是呼吸、心搏骤停发生的时候，往往没有专业医生在现场，即便碰巧有医生在现场，抢救设备也难以及时送到；三是呼吸、心搏骤停的病因在很多时候不能被及时确定，因为猝死可能是后天疾病导致的，也可能是先天因素引发的。成年人猝死的病因中，50%以上是心源性猝死，脑源性猝死占10%~20%，猝死在各个年龄段均可发生。心源性猝死患者大部分（80%）在45岁以上，这些患者往往都患有严重的冠心病，从而导致了心肌缺血和致命性的心律失常。然而，在年轻（45岁以下）的心源性猝死的患者中，遗传性病因更为常见。常见的导致年轻人心源性猝死的病因包括早期动脉粥样硬化、原发性心电疾病、心肌病和胸主动脉夹层动脉瘤。

近年来，对潜在遗传性心脏病患者的治疗方法，已经有了巨大的进步。即从对先证者的基础治疗，转为用综合的心脏遗传学的方法干预先证者及其亲属。多种基因的发现、高级分子生物学技术的使用，使得分子诊断成为可能，通过心脏遗传学的筛查，

22%~53%的家庭成员可能被检测出有遗传性心脏病，由此，识别出高危人群，并进行预防性的治疗，或者开展症状发生前的随访成为可能。这些治疗措施包括改善生活方式、药物治疗、植入心脏除颤器或者射频消融等。我相信，对于由先天性遗传疾病包括心源性和脑源性原因引发的猝死，随着医学、分子生物学、遗传学的进步，必将在疾病早期识别、干预、治疗上取得进一步发展。

后天患有冠心病和一些其他可控性心脏病的患者，要格外注意以下方面。

（1）环境。经常处于优美的自然环境中，有益于身心健康，因此要经常置身于大自然中，放松身心，感受自然之美。

（2）饮食营养。健康、科学的饮食无疑会为人体带来很大的益处，除了对血脂、血糖等指标的控制至关重要外，还有益于体重指数达标，减缓血管动脉硬化的发生。

（3）心理因素。人的心理与身体健康有着密切的关系。乐观、豁达和坚毅无畏的精神，能增强人体的抗病能力。相反，过度紧张会使心跳加速、血压升高、呼吸急促等，时间久了，容易引起血管破裂或致命性的心肌梗死。

（4）生活方式。不健康的生活方式会导致很多健康问题。不健康的生活方式主要包括吃得太油腻、太咸、太甜和过饱，大量饮酒，抽烟，长期熬夜和不运动。

（5）家庭。家庭环境的优劣，特别是夫妻感情的好坏，直接关系人的心理和身体健康。因此，保持和谐的家庭关系，以乐观、豁达的心态对待一切，对人们的身心健康和家庭的幸福美满十分重要。

（6）职业。过于紧张、劳累的职业，容易造成人的心理和身体的压力过大，如果长期得不到缓解，就容易引发各种心脑血管疾病甚至猝死。现实中，许多猝死事件都是在紧张繁忙的工作岗位上发生的。

生命的长短在许多时候确实是不可知的，但是，我们仍可以做很多事来预防疾病的发生。人的生命只有一次，活在当下，享受健康，关爱生命，从我做起。

6

再论生和死

今天是我55岁的生日，同事们和我的学生都发来微信或短信，祝我生日快乐。其中一条短信写道："希望您越来越年轻！"收到这个祝福，我还是很高兴的。虽然我不年轻了，但心态可以年轻，甚至可以越来越年轻。

我的生日是4月14日，4的谐音是"死"。也许是命中注定，我的职业就是与救死扶伤有关。

我想，见证生死最多的两个场所可能是战场和医院，但在这两个场所中，人们对生死的理解完全不同。战场中，敌对的双方会争个你死我活，只有把对方置于死地，才能赢得最后的胜利；而医院中，医生会想尽一切办法让患者活下来。

但许多时候，由于医学的局限性，医生无法把每位患者都救活，例如：年事已高、合并多系统疾病的患者；各个脏器功能都已衰退的患者；晚期肿瘤的患者等。

对于这类患者，现代化的医疗设备和药品已没有了用武之地。虽然患者和患者家属还想从治疗中看到一些希望，但医生应该清楚，就绝大多数患者而言，濒临死亡之际，使用高精尖的医疗技术不过是尽人事罢了，结局早已注定。

人总是要死的，而很多人忌讳说“死”，有时不小心把“死”字说了出来，还要赶紧说“呸！”当然，医生在医院往往也不能跟患者谈死的问题，即使患者已心知肚明，医生可能还会与患者家属一起哄骗患者说：“你的病还是有希望治好的。”

在有些国家，医生会如实把病情告知患者，包括晚期肿瘤的患者，让患者决定自己的治疗和下一步要采取的各项措施。但在我们身边，很多时候，生和死的决定权，特别是救治机会的决定权，掌握在患者家属手中。

虽然，死亡这个词对任何人来说都是恐怖的，特别最初听到“我的病是不治之症”的时候。精神病学家布乐·罗斯把临终患者的心理状态分为5个阶段：否认、愤怒、讨价还价、抑郁、接受。只有在经历过这5个阶段以后，患者才彻底在心理上接受即将死亡这个事实。

人们都说：“上医治未病，中医治欲病，下医治已病。”但各种终末期患者的治疗不在此范围。因为衰老是正常的生理过程，对于一个器官功能都已衰竭的患者，谁能治好？对于晚期肿瘤患者，谁能治好？虽然“上医”“中医”和“下医”，都有责任对终末期患者进行治疗，但是，对于终末期患者，采取医疗技术手段已是其次，而人文的关怀，应成为治疗的主要手段。

更多的时候，我采取的人文关怀方式是守在患者床边，握着患者的手，眼睛注视着患者，和他说：“我们的存在就像秋天的云那么短暂，生命时光就像空中闪电，匆匆滑过。我们都是大自然的匆匆过客。”说完后，帮他擦去额头渗出的汗珠，用水浸润他干裂的嘴唇，将他的身体摆放成让他更舒适的体位。

我前段时间连续接诊了3位晚期肿瘤患者，其中一位年龄与我相仿，一位26岁，还有一位39岁。他们病前身体健康，各自都有心爱的职业和幸福的家庭，目前，患者已经度过了否认、愤怒、讨价还价、抑郁期。虽然，患者的躯体是痛苦的，他们的病情已发展到无药可治的地步，但患者看上去是那样的平静，与我交流时不急不躁。

这时候，这些患者的心境已经得到了升华，每次看到他们，我都会油然升起一种敬佩之情。他们在我们眼里不仅是患者，还是智者。他们面对死亡是那样的淡定从容，在生命的最后时刻，他们放下心理包袱，轻装上阵。

如今，这3位患者已先后离开，但我还依稀记得他们的音容笑貌。关爱临终患者，是每一位医务工作者义不容辞的责任。

死亡既不会令人沮丧，也不会令人兴奋，它只是生命的一部分。

愿大家都能够向阳而生，不负生活。

7

谈谈死的场所

年前，两位中学同学的母亲先后辞世，两位老人都超过了80岁，一位是在ICU走的，一位是在家里走的。所以，我想谈一谈人离世的场所。

医院是治病的地方，因为生病所代表的除了痛苦，便是离死亡很近。消除疾病，往往意味着把死亡推远。所以，医院不是因死而存在的，而是因病而存在的。

但许多人认为，一定不能死在家里，而死在医院才是顺理成章的事。这就导致了医院的急诊科和住院部，存在相当一部分不需要任何医疗手段介入的老年患者、癌症晚期患者、患多种慢性疾病的患者。患者家属害怕患者死在家里，就强行把患者留在医院。

现代医学近百年来确实实现了跨越式发展，新的治疗方法、药物层出不穷，但仍然没有研发出一种医疗技术或药物能使人免于死亡。

对于这一点，医生要明白，患者要清楚，患者家属要理解。医生更要通过自己的思考、经验的积累来判别哪些是可治之病，哪些是自愈之病，哪些根据当今医学水平来看是不可治之病。

医生的判断力至关重要，有时要高于他的治疗水平。患者也不应不切实际地希望医生有治愈所有疾病的本领，也不应仅依靠医生而无视自己的健康管理。患者家属更不能把医院作为患者的最后归宿，而放弃自己应尽的义务。

任何人都可能生病。得病后，他的身份就是患者，在疾病面前理应人人平等，任何患者都需要得到治疗、关爱和照顾。疾病有时可治，有时不可治，这是医学的局限，但关爱和照顾却是一种责任、义务。

我是一名医生，同时，也是一名患者家属，我深知这种责任、义务是医生的，更是患者家属的。每次在工作中看到精心护理患者的家属，我心里都会给他们竖起大拇指——好样的！也为患者有这样体贴入微的家人而欣慰。

疾病的治疗通常需三管齐下——医生的努力，患者的配合，患者家属的照料。医院的ICU是一个密闭的环境，患者家属不能随便进入，所以，ICU患者暂时缺失了来自家属的关爱。有时通过ICU患者的眼神，我能感受到他对亲人关爱的渴望，和没有家人关爱的失落。

对于某些疾病，医学治疗不是唯一的应对方法，甚至是可有可无的。但患者对家人的依赖是时时刻刻存在的，我在医院也经常看到这一幕：患者离世的时候，没有看到家人最后一眼，患者走得依依不舍，家人也非常遗憾。

我父亲是因为转移癌走的。最初，当知道了他的病情后，我就彻底失去了他得到治愈的希望。虽然我是一名医生，但那时我所能做的只有一件事——陪伴。在父亲快要不行的时候，我拒绝让他进ICU、拒绝给他抢救、拒绝了为他做气管插管。我让他在普通病房静静地享受家人的关爱，我恋恋不舍地看着他，呼吸渐渐地减慢、心率逐渐地下降。

家是避风的港湾，是安全的基地。回家，我们往往身心放松。家是我们长大的地方，这里有我们的故事。老年人生病的时候更容易想起家，这是人之常情。

许多老年人即使生病也不愿意去医院，因为陌生的环境会让他们恐惧，家人不在身边，即使走，也走得不安心。所以，一些老年患者到了医院后情绪就会特别不稳定，有时这也是病情加重和反复的重要原因。作为医生，要有识别患者情绪的能力，医生也有义务告知患者家属哪里是治疗患者的合适场所。医疗的手段永远是有限的，治疗只是医生工作的一部分。医生在承认医学局限性的前提下，与患者家属一起为患者选择一个让患者舒心接受治疗、家人照料方便的场所也非常重要。我想，很多时候，这个理想的场所，就是家。

人要走了，理应自己做一回主。一旦治疗已经没有任何意义，选择待在医院还是在家里？患者的话语权不能被剥夺。回家看一看熟悉的环境，见一见想念的家人，忆一忆过去美好的时光，可能会冲淡对死亡的恐惧。我想，在家人的陪伴下，在熟悉的家中，患者可能会走得更安详。

8

对73岁和84岁的理解

作为医生，我会向每一位来诊的患者提问。我经常发现，有些老年人在被问到年龄的时候，会迟疑一下再回答。这时，他们的家属就会走过来，在我耳旁悄声说73岁了或84岁了。医生当久了，对这种现象就见怪不怪了。我知道很多人对73和84这两个数字很在意，特别是老年人。民间有“七十三、八十四，阎王不叫自己去”的说法，意思是说，这两个年龄的人很容易辞世。部分73、84岁的老年人就非常紧张，唯恐会发生不幸。

为什么会有这种说法？后来我了解到，孔子是在73岁去世的，孟子是在84岁去世的。可能大家觉得“圣人”也不过活到这样的年龄，常人还能超过“圣人”吗？

当然，从医学的角度来分析，这种解释是没有科学依据的。

众所周知，影响生死的因素很多，遗传、环境、生活习性、基础健康状况、营养以及情绪等因素综合起来，影响着我们的寿命。

还有一种看似科学的解释方法，有人认为，人每到7~8年就经历一个生命周期，每个周期存在生命活动的高潮和低潮。一般周期的中间年龄为高潮，而周期的始末为低潮。高潮为健康稳定的年龄，人的免疫力较强，处于高潮的人去世的较少；低潮为健康减弱的年龄，人的免疫力较弱，处于低潮的人去世的概率相对较大。而73岁和84岁正好处在低潮期，所以死亡的概率就高。

学了这么多年的医学，也当了这么多年的医生，我从未学到7~8年就有一个生命周期的相关知识。而这种生命周期论，就可以解释73岁和84岁这两个“不吉利”的年龄吗？

最近，又因为两位公众人物去世，而他们的年龄恰巧都是44岁，于是，有人又提出44岁也是人生的一个坎。如果再恰巧有两个24岁的知名人物去世，是不是24岁也是人生中的一个坎呢？

我不是“圣人”，也不是名医，但以我行医30年的经验来讲：人自从出生起，就开始有了生命中的坎。活到100岁不稀奇，年纪轻轻就去世的也不少。生命既不是完全无法被掌握的，也不是完全掌握在自己手中的，更不可能完全掌握在医生手中。

虽然我们没有“圣人”的大智慧，但我们不一定活不过“圣人”。我并没有看到科学的统计数据，说明73和84岁人的死亡率高于74和85岁的人。

如果真是有人说，73和84岁的人死亡率高，其中一部分人，也许是被这一不科学的说法“吓死”的。

所以，要做一个明白人，就不要将死亡时间和特定数字挂钩，而要按照自然规律活，按照健康的生活方式活，要拥有良好的心态，努力维护健康。

9

如何告知患者坏消息

中国有句老话：报喜不报忧。喜事让人愉悦，忧心事让人烦恼。但是对于什么是喜、什么是忧，每个人的标准不一样。例如，对孩子来讲，得到一颗糖果可能就是一件值得高兴的事；对成年人来说，即使得到十颗糖，可能也不会因此而高兴。

具体到医院情境，关于喜和忧的分类就比较泾渭分明了："病"和"死"一定是"忧"。医院中，患者生病就是"忧"；人也多数会在医院离世，"死"就是忧。有人可能问医院哪里还有"喜"呀？可是，医院不但有"喜"，还经常有"大喜"：病好了就是"喜"，患者闯过了"鬼门关"就是"大喜"。医院的"忧"也分"小忧"和"大忧"，胃炎、感冒是"小忧"，危及生命的不治之症是"大忧"。

以上所说的“喜”“忧”都是关于患者的。至于医生，虽然医生不能感受患者躯体的痛，但是，医生往往能理解患者心里的苦。医生不是匠人，而是有仁爱之心的救治者。患者的一举一动、一好一坏、一“喜”一“忧”都会让医生牵肠挂肚。

医生乐于听患者分享他的“喜”，苦于患者的“忧”，作为专业人士，有时医生的“忧”甚至超过了患者的“忧”。所以，医院中，医生也是有“喜”有“忧”的。医生的“喜”，就是患者病情得到了控制，脱离了风险；医生的“忧”，就是经过努力后，患者的病情仍然恶化，而面对患者的苦，自己却束手无策。医生的“喜”，就是告诉患者“你可以出院了”；医生的“忧”，就是告知患者坏消息。

如何告知患者坏消息，也是对每一位医生智慧的考验。医生要会治病，这是医生基本的职业要求。但如何将坏消息告诉患者，让患者接受并鼓起勇气面对，也是衡量优秀医生的标准之一。

几十年来的行医经历，让我在如何告知患者坏消息上有了一些心得，在这里与大家分享。

第一，每个患者的心理承受能力不一样，医生在告知患者坏消息之前，要充分考虑患者的性别、年龄、受教育程度、家境、地域、既往身体条件、心理素质。对不同患者要采取不同的方法，不能一概而论。

第二，告知坏消息时，有的医生容易底气不足，甚至前言不搭后语，这很容易让患者误解，从而放大对病情的恐惧。医生在告知患者坏消息之前，要保持自信，心态平稳，说话的时候注视患者，言语条理清晰，肢体动作不要夸张。

第三，告知坏消息时，医生和患者之间要有足够的信任。医生和患者之间的信任关系，一定是建立在医生的仁爱之心和精湛的医术之上的。

第四，人面对“大喜”“大忧”往往会一时间难以接受。所以，对于好消息，不要一口气说出来；对于坏消息，更不能瞬间交底。医生要学会旁敲侧击，循序渐进，解释性的话要多，绝对化的表述要少。医生不能嫌麻烦，尤其在向患者告知坏消息时，要让患者有一个消化的过程。

第五，告知坏消息后，医生要有处理方案，不让患者的精神被击垮。

第六，告知坏消息的时机要掌握好。患者“大喜”的时候，不宜和他谈坏消息，否则患者可能感觉像突然被泼了一盆冷水；患者“大忧”的时候，不要和他谈坏消息，否则可能令患者产生绝望情绪；人多的时候也要避免谈坏消息，否则可能会让患者感到没面子；当医患双方都心平气和，而且也没有外人时，应该是告知患者坏消息的恰当时机。

第七，告知坏消息时，医生不能只用医学术语，也不要像外行一样只说“大白话”，而要将术语结合“大白话”说出来。对于患者焦虑的地方，医生要用术语解释；对于患者接受的地方，医生要用“大白话”说清楚。让患者在坏消息里能品出好的信息，不绝望，是告知坏消息的艺术。

第八，告知坏消息之前，要先与患者最亲近、最信任的人或患者的监护人交流。一般来说，患者家属是不愿意把坏消息告诉患者的，特别是患者被查出不治之症时。但患者如果不知情，许多治疗就不能顺利开展，也不符合医学伦理。虽然，谁的命谁做主是正常的观念，但是，现阶段如果患者家属不配合，医生只告知患者坏消息，那么下一步医疗也可能举步维艰。征得患者家属的同意，由医生与患者家属共同告知患者坏消息是一个不错的选择。

第九，告知坏消息时，医生不能自说自话。医生要倾听患者，揣度患者想知道什么。另外，医生不要太啰嗦，也不要说太少。在告知坏消息的时候，当患者听明白了、理解了，谈话的目的就达到了。

第十，告知坏消息和一般交代病情不一样。后者就事论事，医生是主导，患者需要记住。而对于前者，医生和患者都是主导。医生需要让患者平静地接受事实；患者会质疑、困惑，需要医生答复。医生告知患者坏消息后，才能采取下一步的医疗干预；患者接受坏消息后，才能配合医生的治疗。这样，下一步的医疗干预建立起来。这就是成功的告知。反之，如果医生告知了坏消息，而患者没有接受，这种告知就是无效的，甚至会适得其反。

第十一，谁都不愿意传达坏消息，但医疗方面的坏消息又不得不传达。有些疾病可治，也有些疾病不可治，为了不耽误可治的病，原则上，坏消息还是早传达为佳。

第十二，对于有些坏消息，可以不那么直接地告知患者。例如，史铁生在他的《我二十一岁那年》描写医生对他说过的话时这样写道："我面向墙躺着，王主任坐在我身后许久不说什么，然后说了，话并不多，大意是：还是看看书吧，你不是爱看书吗？人活一天就不要白活。将来你工作了，忙得一点时间都没有，你会后悔这段时光就让它这么白白地过去了。这些话当然并不能打消我的死念，但这些话我将受用终生，在以后的若干年里我频繁地对死神抱有过热情，但在未死之前我一直记得王主任这些话，因而还是去做些事。"

告知坏消息是一件苦差事。难怪有些医生，在抢救患者时从不怯场，可一旦要去告知患者坏消息，就有了畏难情绪。不同患者的脾气秉性各不相同，不同患者的疾病观、生死观千差万别。世界上没有告知患者坏消息的公式，也没有放之四海而皆准的样板，全需医生靠自己在实践中慢慢摸索、总结。

本文谈的只是我关于告知患者坏消息的经验之谈。但患者是不同的，我的能力也是有限的，以上经验仅供同行参考。但可以确定的是，医生需要有同理心，把对患者的情感、关爱融入告知坏消息这一过程的始终。

医学的难，在于没有标准的答案；医学的困惑，在于未知性；而医学的伟大，在于救死扶伤，并给予患者力量。

10

我与癌症患者

癌症是最让人害怕的疾病之一。

不管是现在医疗手段能治好的癌症，还是治不好的癌症，都让人闻之色变。很多人在没被诊断出癌症之前，不管是躯体，还是心理都没有明显的异常感受，可以正常工作和生活。可人一旦被诊断出癌症，顷刻间，可能会觉得全身不舒服，对世间的任何事情都提不起兴趣，大脑充斥着“癌症”这个词，然后，很快人就垮了。

癌症真的有那么可怕吗?

不可否认，一些晚期癌症确实发展得很快，医疗上也没有好的办法。癌细胞的生长速度远远超过了正常细胞的生长速度，它们消耗了身体内大量的营养成分，而却不行使体内细胞的正常生理功能。这样，身体的新陈代谢就被彻底打乱了，随之而来的就是器官功能的衰退。但临床中还有许多癌症并没有那么可怕，例如乳腺癌、前列腺癌、甲状腺癌和一些妇科的癌症。这些癌症如果早期被发现，患者得到积极治疗，就可以像正常人一样生活、工作。

我的母亲是一名乳腺癌患者，十几年前接受了手术，手术很成功。3年前，我的母亲又被诊断出子宫内膜癌，在78岁的时候，接受了第二次手术。虽然她现在走路有些缓慢，但生活基本能够自理，每天还练一练书法，读一读感兴趣的书。我父亲是一名前列腺癌患者，十几年前接受了手术后，至今保持良好的健康状况，除了做一些家务外，每年还会到外地旅游。

我有一名学生，入学不久发现患了甲状腺癌，在成功手术后，如今已经正常上学，开始临床实习了。虽然我不是肿瘤科医生，见过的各类肿瘤患者要比肿瘤科医生少很多，但我身边的亲人和学生都曾经是癌症患者，不管从一名家属、老师，还是医生的角度来讲，我对癌症还是有许多感悟的。

一方面，我是不幸的。我的双亲都是癌症患者，这本身就不是一件幸事，而且从遗传的角度看，我患肿瘤的概率较其他人高了许多。

但是，另一方面我又是幸运的，因为患癌的家人和学生由于得到了及时的诊治，目前都康复良好。此外，通过与他们朝夕相处，我了解了癌症患者的心理状态，并感受到了他们面对疾病时所表现出的勇气。

人们在碰到未与死亡沾边的疾病时，往往都可以表现得非常勇敢，比如人们刚知道得了糖尿病或高血压的时候，可以置之不理。在这些人的眼里，这些病与死亡很远，即使以后病情发展了，往往也可以通过药物控制。

人们内心的恐惧会导致很多疾病加重。不得不承认，对疾病的心理承受能力直接关系到病情的发展速度。有些患者是被病吓死的，这句话是真的。

任何人得了癌症，心里都不可能不紧张，包括我的父母和学生，在刚得知被确诊了癌症的时候，内心都产生了巨大的震动。比如，我的母亲在听到这个消息后，沉默了很长一段时间，表情严肃，眼神满是难以置信。

但可喜的是，他们没有被患癌这一现实所击垮，很快就调整好心态，比较冷静地面对疾病，积极配合治疗。他们都明智地认识到，活在当下，并使之成为生命的目标，就是最大的智慧。

我非常佩服战胜了自我的癌症患者，不仅仅是因为他们对疾病的勇敢，还因为他们身上那种积极向上的能量，常常使我感动。

我是一名急诊医生，看的主要是急危重症，但工作中遇到的癌症患者也不少。平时工作中我遇到过不少晚期癌症患者。这些患者往往经过了专科的治疗，目前的医疗手段已没有办法控制癌症的发展，因此他们只能离开专科医院。

由于这类患者通常会出现各种疼痛，进食差，让患者在家忍受并不现实。目前临终关怀机构较少，于是急诊科就成了晚期癌症患者的归宿。这类患者多数已经度过了对癌症的恐惧期。从他们的表情上和言语中，往往已经看不出对死亡的恐惧了。

所以，每次查房看到这些患者时，我都想和他们握手，感受他们的巨大能量。同时，我想把世间最美好的话说给他们听，把我的关爱带给他们，让他们感受到人间的温暖。看到他们，我就感受到一种精神力量在激励着我。

他们促使我不断地鞭策自己，不断地攻克医学难题，把解除患者的痛苦作为首要任务。这种选择，来自医者的责任，更来自对患者的仁爱。这种爱其实也包含了患者对医者的爱，这些患者面对死亡的时候，给了医者更多的鼓励。曾经有一位癌症患者对我说："你们可以通过对我的病例进行研究，找到治疗这种病的办法，为后人解忧。"语言简朴，字重千斤。世俗意义上，他不是英雄，但在我心目中，他胜似英雄。

我日后是否会是一名癌症患者，目前还不知道，假如我成为一名癌症患者，我能否度过癌症的恐惧期呢？我也不知道。心理的强大，对死亡的释怀，不是每个人都能做到的。但与晚期癌症患者相处，我获得了很多的感悟。为此，我对他们充满了敬重。

后记 医生的职责不仅仅是治病

几乎每个人都会生病。但对疾病的定义和理解，在不同的时代、不同的文化下有很大差别。人类社会早期，人们甚至把疾病的产生看成恶魔或邪神附体于患者。

不管对疾病的认识如何，因为疾病的存在才产生了医生这一职业。我当初考入医学院，学的都是与疾病相关的知识，如病理学、解剖学、免疫学等。那时，我认为医生的职责就是看病、治病，好医生的标准就是无论什么病都能治好。当然这里的“病”于我而言指的是躯体疾病。所以，我刚从医学院毕业，就立刻想在临床上大展拳脚。当我被通知到放射科工作时，我如同泄了气的皮球，心情降到了冰点。所幸在放射科工作两年后，我还是被调到了临床岗位上。初到临床岗位，我对一些疾病不熟悉，但这丝毫不影响我的信心，毕竟我实现了当临床医生的梦想。

转眼间，我已在临床岗位工作了几十年，先是在内科，后来在急诊科，虽然涉及的病种不完全一样，但归根结底都是治病。随着治疗水平的提高、临床经验的积累，我确实治好了不少病；但我不得不承认没治好的病也不少。特别是有些疾病，由于没有好的治疗手段，作为医生，只能眼睁睁看着患者受罪。在内科，这类的疾病有肺间质纤维化、慢性支气管炎等；在急诊科，这类的疾病有多器官功能衰竭、终末期疾病等。如果按我之前认为的“治好病就是好医生”的标准来看，没有医生符合好医生的标准。张孝骞在诊病、治病方面出类拔萃，但他也出过差错。张孝骞曾和很多人分享过他犯的错：在20世纪50年代后期，有一名中年患者到医院求诊。他入院时有气喘、心痛、呼吸困难等症状，很像心脏病。张孝骞诊断后发现，患者患心脏病的依据不足，一时下不了结论。后来，患者因病情好转，要求出院。出院后不久，患者突然休克，因没得到及时抢救，去世了。后来经尸检发现，患者死亡是肺动脉栓塞所致。此时，张孝骞才知道该患者有静脉炎，但当初问病史时没有问出来，也没有去翻患者之前的病历。其实，任何医生在与疾病的对决中，都没有百分之百的胜算，在治病这件事上没有不摔跤的医生。

治病固然是医生必备的本领，但不是医生的唯一本领。医学是人学，人是生命的主体，有快乐，也有痛苦。疾病的一切意义最终都是由得病的人表现出来的。所以，医生在看病之外，还要在意患者的感受。令患者痛苦的不仅仅是疾病本身，还可能是被遗弃感，对疾病的恐惧，渴望被关注、被爱的心理。患者是一个整体，他有生命力、有智慧，疾病只是患者的一部分。

西格里格斯在《西医文化史：人与医学》中写道："对医生来讲，单单建立在自然科学基础之上的观察，是不够的。医生要仔细考虑人在自然界里孤立的地位，也要认识到人是具有高度智慧的生命。他必须和人的整体打交道，必须对待生命体验的总和。"有一次，我在查房时见到一位因车祸受伤的女孩，她的肋骨断裂了9根，胸、腰椎骨折，男朋友在事故中去世。胸外科医生已经接手了这名患者，我查房时本来可以不关注她，但到了她的病床前，我还是把她的病情、不适详细地问了一遍，了解了她的需求，并及时帮她出主意，解答她的疑惑。看着患者从悲伤中流露出的感激表情，我感到很欣慰。

做临床工作越久，就越能体会到做医生的难。"难"常常会体现在以下方面。一是对疾病的规律难以把握，患者的个体差异大，没有放之四海而皆准的方法；二是与形形色色的人打交道不容易，而且一部分患者因为疾病的原因，性情大变，比平时更让人难以捉摸；三是工作强度大。医生如果不能从以疾病为中心的思维中脱离出来，就很容易落入职业倦怠的陷阱。反之，医生如果走出单一的疾病视角，从另一个角度看待这份职业，可能就会发现，每名患者都给医生带来了独一无二的故事。通过故事，医生能够发现患者生活中的细节，这些细节可能与患者的治疗关系不大，但体现了患者自我价值的核心。医生在工作中见到不同患者，听到不同的故事，见证百态的人生，也会对人有更多思考和感悟。

人生的最终结局是死亡，没有人能逃脱，而疾病往往是死亡的罪魁祸首。所以，不管医学发展到了一个怎样的高度，不管医生看病的本领有多强，这个自然规律是永远不会被打破的。我认为，生命的意义不在于时间的长短，而在于质量的高低。判断质量高低的标准是能否自由自在地生活、保持心情的愉悦。

也许对大多数人而言，医院是生命的最后一站，医生是最终的生命守护者。此时，医生的价值不再局限于日常的工作——治病。每次站在这些患者面前，我都能感到自己担负着巨大的责任。即将走到生命终点的人，需要的是关爱，需要感受到来自世间的温暖。在希波克拉底眼里，医者应该具有超越世俗的爱人之心，应以患者的生命为重，做医学的仆人。

我想面对生命，医者的职责不仅仅是治病，还要对患者付出爱。正如罗曼·罗兰所说：爱是生命的火焰，没有它，一切变成黑夜。